ヴィオレット
アメリア
ヤミノ・ゴーマド

カーリー・ゴーマド
エメーラ
ララーナ

闇の炎に抱かれて死んだと思ったら、娘ができていました

~勇者に幼馴染を取られたけど俺は幸せです~

CONTENTS

プロローグ

闇の炎。

それは通常の炎とは性質が違う謎多き炎。

各地に数多く存在しており、色もまちまち。近づけば確実に、その身を焼く。地獄の業火と恐れる者達《たち》も居れば、神々の戦いの痕と崇《あが》める者達も居る。

そんな炎が残りし、世界に生まれたごく平凡な男ことヤミノ・ゴーマド。父が闇の炎を神々の戦いの痕と崇める男だからなのか。俺の名前に闇を入れて、ヤミノになった。

正直恥ずかしい。

闇なのに、俺の髪の色は白銀。まったくの逆。父さんは、なんで俺と同じ黒い髪の毛じゃないんだ！　とかよくわからないことを俺が生まれた時に言っていたそうだ。

いやまあ、悪い人ではないんだ。酒場の店主なのだが、普通に人当たりも良い。ただどことなく残念というか。

母さんも、なに馬鹿なこと言ってるの？　と呆《あき》れつつも、離婚せずにいる。

ちなみに、俺が住んでいる街であるリオント近郊にも闇の炎があるのだが、色は紫。

その周囲には、草木は一本も生えておらず、ただただ紫色の大きな炎が燃え盛っている。他はどうかわからないけど、リオント近郊にある闇の炎は危険な感じはしない。とはいえ、もしもということもあるので、草木が生えているところを境界線として近づくことはしないようにしている。崇める対象とはいえ、炎なのだから。近づき過ぎてその身を焼かれる可能性だってある。

「なあ、聞いたか？　異世界から勇者が召喚されたんだってよ」

「マジか。てことは、世界がやばいってことだよな……」

勇者……歴史書で読んだことあるな。

確か、世界に危機が及ぼうとした時に召喚される光の戦士だったか。

「てことは、勇者と一緒に旅をする勇士達も」

「ああ。選ばれし三人に神託が下っているはずだ」

異世界から勇者が召喚されると、共に脅威へ立ち向かう三人の勇士へ神託が下る。戦士、魔法使い、そして聖女。

勇者を加えた選ばれし光の勇士は、世界を覆う闇を切り裂く。

実際に百年以上前に起きたことらしい。

いったい勇者ってどんな奴《やつ》なんだろう。

選ばれし三人は……。

「ん？」

考え事をしながら、歩いていると、幼馴染《おさななじみ》のミュレットが呆然《ぼうぜん》とした様子で立ち尽くしていた。

「おーい！　ミュレット!!　どうしたんだ？」

色素の濃い黄色の長い髪の毛に、雪のように白い肌、少し小柄だが、出るとこ出ているバランスの良いスタイル。身に纏《まと》っているのは、母親から受け継いだ白い法衣《ほうえ》で、防御結界の術式が刻まれており、ふいの攻撃から身を守ってくれる代物だ。

小さい頃から仲が良く互いに将来は結婚しようと言っていたが、いつからかそういうことは言わなくなり、これと言って進展がないまま仲のいい幼馴染同士という関係がずっと続いている。

二人とも冒険者で、彼女は、回復や支援の魔法に長《た》けているため、どこへ行っても活躍している。今日は、午後から一緒に街近辺に湧いている魔物を倒しに行く予定だったのだが。

「ど、どうしよう。ヤミノ」

「どうしようって？」

「私に……神託が下っちゃった」

「それって、まさか……」

勇者と共に戦う三人の勇士。

ミュレットは、その内の一人に選ばれたってことだ。

「そ、それで。いったい何になったんだ？」

「……聖女」

「聖女、か。はは、ミュレットにぴったりじゃないか。……けど」

いつまでも一緒に。そう思っていた。それが、こうもあっさり……。

「大丈夫だよ、ヤミノ」

気落ちしている俺に、ミュレットは本物の聖女のような笑顔を向ける。

「絶対！　帰ってくるから。――ヤミノの隣に」

そう言いながら、ぎゅっと俺の右手を両手で包み込んでくれた。

「……ああ。君が、無事に帰ってくるのを、いつまでも待ってる」

「うん!!」


勇者の名前は、天宮将太《あまみやしょうた》というらしい。

前回の戦で召喚された勇者と同じく、地球という世界の日本という国の出身で、戦い方も知らないごく普通の少年らしい。そんな少年が戦えるのか？　と思うところだが、勇者となった者は信じられない戦闘能力を発揮するらしい。

実際に、その戦闘能力を見た者達は、本当に戦うのが初めてなのか？　と驚愕《きょうがく》するほどだったとか。


――そして、時は流れ。

各国から勇者将太と共に戦う三人の勇士達が王都に集められる。当然聖女に選ばれたミュレットも。

俺には、どうすることもできない。だから、兵士達と共に王都へ旅立つミュレットを見送ることしかできなかった。もうミュレットとは簡単には会えない。

まだ脅威は訪れていないため、世界救済の旅は先。

とはいえ、それまで色々とやることがあるため王都へ早めの出立だ。

ミュレットが居ない日々。

それが一か月ほど経《た》ったある日。知り合いの商人が、王都に商品を仕入れに行くから護衛の一人として参加しないか？　と誘ってくれた。

俺は、即座に行くと返事をする。ミュレットに会いたい。ただその想《おも》いだけで動いた。

事前に連絡をしていないから、驚くだろうな。送られてきた手紙の内容から、元気にしているようだけど……。

「確か、勇者達は王城に住み込んで訓練しているんだったか。あ、でも手紙にはよく噴水公園を散歩してるって書いてあったな」

王都へ向かう途中、ずっとそわそわしていた。ミュレットと、こんなにも長く離れたことなんてなかった。……そして、改めてミュレットのことが好きなんだと再確認した。

聖女の幼馴染だと言っても簡単に王城には入れないかもしれない。

とりあえず噴水公園にでも行ってみるか。もしかしたら会えるかも。さっそく行ってみよう。

「ここが噴水公園だよな。ミュレットはっと……ん？　あの後ろ姿は」

なんとか噴水公園に到着し、さっそくミュレットを探す。

すると、見覚えのある後ろ姿を見つけた。

「間違いない！　ミュレットだ!!」

くすくすと笑う横顔。

相変わらず可愛《かわい》い笑顔だ。しかし、なんで笑っているんだろう？　誰かと話しているんだろうか。

「おーい！　ミュレ――え？」

幻覚？　見間違いか？　ミュレットと話していたのは、すぐさま世界に知れ渡った勇者将太。似顔絵を見たから間違いない。

いや、将太と話しているのはわかる。なにせ同じ勇者パーティーの仲間なのだから。

だが、なんで手を繋《つな》いでいるんだ？　どうして、恋人のように指を絡めているんだ？

「もう、違いますよ」

「本当かな？」

思わず物陰に隠れてしまった。

耳に届くのは、どこか幸せそうなミュレットの声。

「ヤミノとはそういう関係じゃないんです」

は？　そういう関係じゃないって。

「ただの幼馴染。それだけなんです、将太様」

「そういうことにしておくよ」

「もう信じてください。今、私が好きなのは」

待て。待ってくれ。

「将太様だけですから」

「本当かな？」

俺は知っている。今、ミュレットが作っている笑顔を。あれは、子供の頃によく見せてくれた笑顔だ。

とても、とても眩《まぶ》しかったから忘れることなく脳に焼き付いている。

そんな笑顔をどうして、俺じゃなくまだ知り合って一か月ちょっとの男に向けているんだ？　相手が勇者だから、聖女として上辺だけの笑顔なんだよな？

……いや、違う。

だって、あの笑顔は俺の記憶に残っているあの頃の笑顔と同じ。ミュレットは……本気で。

「えっと、じゃあ証拠を」

証拠？　いったいなにを。

「なっ!?」

目を疑った。辺りを見回し誰もいないことを確認したミュレットは……将太の頬《ほお》にキスをした。

「い、今はこれで。だ、だめですか？」

「いや、十分だよ。僕達は、ずっと一緒に居られるんだからね」

「そうですね」

「それじゃあ、行こうか」

「はい」

そう言って、互いに手を繋ぎどこかへ去っていく。

俺は、壁に背を預けたまましばらく動けなかった。結局ミュレットを追うことなく。そのまま知り合いの商人達と共に帰路についた。

ミュレットに会えたか？　何を話した？　と笑顔で聞かれ、平静を保ちながら、それらしいことを話した。

父さんや母さんにも同じだ。でも、さすがに親となれば、様子がおかしいことは気づかれていたようだ。何かがあったんだと察しはついたようだが、それ以上は何も聞いてこなかった。

その後、ミュレットから手紙が届いた。いつも通り王都で何をしていたか。俺は何をしているのか。最後は、必ず……早く会いたい、という言葉が書かれていた。

いつもなら、俺も早く会いたいと心の底から思うところが……今は、あの時の光景が、言葉が焼き付いていて、何の感情も湧かない。

「────闇の炎」

いつしか、俺は自分の部屋から〝それ〟を眺めるのが日課となっていた。今までなら、ちらっと見る程度だったのに。

ずっと燃え続けている闇の炎。

夜になれば、その存在感はより際立つ。

「綺麗《きれい》だなぁ……」

まるで闇の炎に魅了されたかのように。

気づけば、俺は皆が寝静まった夜中に、武器を装備することなく外へ出ていた。

向かったのは、闇の炎が燃え盛っているところ。

「あああぁぁっ!!!」

街を出た俺は、溜《た》まっていたものを吐き出すかのように声を上げながら、真っすぐ、真っすぐ紫に輝く闇の炎へ向かって、俺は走っていく。

「うおおおおっ!!!」

まともな判断ができなくなったかのように服を脱ぎ捨てる。上着を、シャツを、ズボンを脱ぎ捨て、ついにパンツ一丁となった。

「ひゃっほー!!! 闇の炎様ー!!! 俺を抱いてくれー!!!」

正直、自分でも何を言っているのかわからない言動で、躊躇《ちゅうちょ》なく闇の炎へと飛び込んだ。

(あぁ……やってしまった……)

闇の炎には絶対近づくな。

子供はまずそう教えられる。

いったいどんなことが起こるのか。いったい何があるのか。どうして闇の炎と言われているのか。謎に包まれた存在だからこそ、そう教えられる。

(なんなんだろうな、本当に。……まあ、今更どうでもいいか。俺は、これから闇の炎に焼かれて……)

ん? そういえば熱くないな。

周囲の草木、大地ですら燃やす炎なのに、近づいた時に熱を感じなかった。

(というか、なんかこう……心地いい。まるで全てを包み込んでくれるかのような優しい感じだ……)

王都から帰ってきてからの数日。

頭が、心が、ともかく色々痛かった。けど、今はどうだ？　その痛み全てが、不思議とすーっと抜けていく。

なんだ……闇の炎って、優しい炎なんじゃないか。

なんだか眠くなってきた。ずっと眠れない日々を過ごしていたからなぁ……。


――おやすみなさい。

あぁ……おやすみなさい。

第一話　目が覚めたら娘ができていました

「……朝日？」

心地よい温かさに、目が覚める。

俺は、仰向《あおむ》けになって寝ころんでいた。

おかしい。死んでない？　てっきり、あのまま死んだかと思ったのに。

「んー!!　それにしても、なんだかスッキリした気分だな。……というか、闇の炎は？」

仰向けのままぐっと背筋を伸ばし、周囲を見渡す。

俺は闇の炎へと突撃したはずだが……よく見たら、草木が一本も生えていない。ということは、ここは闇の炎が燃えていた大地？　じゃあ闇の炎は？　まさか消えた？　それとも、ここは天国かなにかか？

いや、遠くに街が見える。やっぱり間違いなくここは闇の炎が燃えていた大地だ。

「んー」

「子供の声？　……は？」

状況が把握できない中、妙に幼い声に、俺は視線を下半身へと向ける。

「なななな、なんじゃこりゃあああっ!?」

視界に映ったのは、薄紫色の長髪を持つ少女。だが、肩を超えたところから徐々に毛先に行くほど白銀に染まっている不思議な色をしていた。まるで、白銀の炎が燃え盛っているかのように見える。

俺の足にしがみつくようにすやすやと眠っており、押し付けている頬《ほお》はぷにっとしていて触ったらとても柔らかそうだ。

いやいや、それよりも……そんなことよりも！

「な、なんで裸？」

この状況はやばい。俺は上半身だけとはいえ、裸の少女……いや下手《へた》をしたら幼女が抱き着いているって……。こ、こんなところ誰かに見られたら確実に俺は変な目で見られる！

「あっ」

どうしたらいいか迷っていると、目を覚ました少女と目が合った。

くりくりとした碧色《あおいろ》の目で、俺のことを不思議そうに見詰めている。

「や、やあ」

「……」

とても純粋な目だ。そ、そんな目で見ないでくれ……どう反応すればいいかわからなくなる。

「パパ」

「ん？」

パパ？　あー、なるほど。後ろにパパが居るのか。……俺、終わった。こんなところを見られたら、パパさんにボコボコにされてしまう。

「パパ。おはよう」

良い子だなぁ。ちゃんと父親に朝の挨拶をするなんて。俺なんて時々めんどくさくて言わない時があるからな。

「パパ？　ねえ、パパってば」

パパさん。可愛《かわい》い娘さんが、呼んでいますよ。早く返事をしてあげてくださいよ。

そして、こんな可愛い娘さんとなぜか寝ていた俺をボコボコにしてください。

覚悟はできているので。

「さあ!!」

「どうしたの？　パパ。大声出して」

「……」

いやいや、待ってくれ。大声を出したのは、君のパパじゃないぞ。

なぜか君と一緒に寝ていたパンツ一丁の変態お兄さんだ。

「あ、日向《ひなた》ぼっこ？　いい天気だもんね」

どうしたんだ？　パパさん。娘が大変だっていうのに、呑気《のんき》に日向ぼっこをしているのか？　朝っぱらから何をやっているんだ。俺が言えた義理じゃないけど。

確かに良い天気だが、日向ぼっこをするならもっといい場所があるだろ。

「じゃあ、わたしも一緒にするー」

なんて可愛い娘さんなんだ。思わず撫《な》でたくなってしまう。

「こらこら。なんで、俺の腕を枕にしているんだ？」

「だめ？」

ようやく下半身から離れてくれたと思いきや、俺の右腕に頭を乗っけて寝転がり始めた。

そのことに対して注意すると、うるっとした瞳で懇願してくる。

「だ、だからそういうのはパパにだな」

「だからしてるよ？」

「……」

……もうだめだ。必死に現実逃避していたのに、もうだめだ。なんとなく察してはいたけどさ。

あるのか？　そんなことが。

（ないわー。目が覚めたら、こんなにも可愛い娘が生まれていたなんて。普通は赤ちゃんだろ？

いやそこじゃないか。そもそも未経験だし。結婚してないし。結婚したいと思っていた幼馴染《おさななじみ》は
……あ、やばい。思い出したらちょっと涙が出てきた）

「泣いてるの？　パパ。大丈夫？」

本当に心配そうな表情で、娘（仮）は涙を拭ってくれた。

本当にやばいって。余計に涙が出てきたぞ……。

「泣かないで、パパ。よしよし」

「うぅ……！」

なんだろう。娘を自称する子なのに、本当に娘から慰められている父親のような感覚に。

……冷静になったら、仮にも娘なのに、裸で一緒に寝てるって完全にアウトだよな。

「あ、ありがとう。もう元気だ」

「本当？　よかったぁ」

ゆっくりと身を起こし、俺は娘（仮）の頭を撫でながらもう一度周囲を見渡す。

「あった」

俺が脱ぎ捨てた衣服を発見した。娘（仮）をその場に残し、俺は脱ぎ捨てた衣服を回収。シャツとズボンは俺が着用し、上着は娘（仮）に着せてやった。

小柄だから大丈夫だと思っていたけど……ギリギリか？　それにしても、よくパンツが焼けなかったな……。俺としては助かったけど。

「これで、まずはよし」

「おー、パパの服。あったかーい」

あ、可愛い。フードを被《かぶ》って、袖をパタパタと……。

「えっと、それで」

「ん？」

「君、何者なんだ？」

「パパの娘だよー」

また袖をパタパタとさせながら笑顔で答える。

うーん……嘘《うそ》を言っているようには見えないけど。本当に身に覚えがないんだよなぁ。外見から考えるに、大体九歳？　十歳前後？　完全に妹ぐらいだよな。

「名前は？」

「まだないよー」

「まだないって……」

「だって名づけられてないもん。パパ、わたしなんて名前？」

記憶喪失、てわけではないよな。

本当に俺が名づけていいんだろうか？

「……アメリア」

「アメリア？」

「あ、ああ。どうだ？」

名づけなんてしたことがないので、不安を抱きながら問いかける。

「うん。すっごく！　可愛い名前！　ありがとう！　パパ!!」

「あ、ああ！」

嬉《うれ》しさのあまり抱き着いてくるアメリアを受け止め、俺は悩む。

これから、どうしよう？


「……よし」

俺は、身を隠しながら自宅へ向かっていた。

その理由はひとつ。寒いと思って念のためシャツもアメリアに着せたため、上半身が裸だ。そんな俺が、少女を背負っている。こんな姿を見られたら、絶対変な噂《うわさ》をされる。

「パパ。どうして隠れてるの？　なにか悪いことしたの？」

「そうじゃない。なんていうか……俺とアメリアが一緒に居るのを見られたら大変なことになるというか……」

「わたし、パパと一緒に居ちゃだめなの？」

うぅ……そ、そんな悲しい声と目をしないでくれ。

「ち、違うんだ。ただなんていうか……」

「おい、大変だぞ！」

「っと」

ふいの声に、一度身を隠し、様子を見る。

「闇の炎が消えたんだろ？　いったいなにが」

「一夜にしてだろ？　まさかもう世界に危機が？」

「おい、マジかよ。じゃあ、この街に何か起きるのか？」

やっぱり、あれだけ大きい炎が消えれば騒ぎになるよな。

「ママの話してるね」

「ああ……え？　ママ？」

「うん」

じゃあ、やっぱりあの紫色の闇の炎が……じょ、女性の方だったんだな。まさか炎に性別があるとは思わなかった。

でも、なんとなく予想はできていたが。

「アメリア。ママは、今どこに？」

「パパと一緒に居るよ。わたしのことを生んで疲れちゃったみたいだから、まだ当分お話はできないと思うけど」

俺と一緒に、か。じゃあ、あの馬鹿でかい炎が、俺の中に？　にわかには信じられないけど……。

（この子が、嘘をつくとは思えないんだよな。不思議と）

「あっ。人いなくなったよ、パパ」

「よし。一気に行くぞ、アメリア」

「うん」

まだ早朝だったのが幸いして、誰にも見つかることなく自宅に帰ることができた。

「た、ただいまぁ……」

「ただいまー!!」

「わー！　アメリア、静かに」

「ヤミノ？　ちょっと、あんたいったいどこに……って、どうしたの？　上半身裸で。それに、その娘《こ》は誰？」

そっと裏口から入ったが、呆気《あっけ》なく母さんに見つかってしまう。

カーリー・ゴーマド。

昔は、世界中を旅して強者達《たち》と戦っていた女冒険者。槍《やり》一本でどんな敵をも貫き、薙《な》ぎ倒《たお》してきた。今は、父さんと結婚をして現役を離れてしまっているが、冒険者時代の仲間が理事長をしている学園で教官をしている。

俺と同じ白銀の髪の毛を一本に纏《まと》め、鍛え上げられた筋肉は今でも衰えず。まさに、女戦士という雰囲気がエプロン姿なのにひしひしと伝わってくる。

「あ、いや……こ、この娘は、ですね」

「あんた……まさか」

「な、なんでしょう？」

「誘拐してきたんじゃないでしょうね？」

変態を見るような視線と共に闘気を溢《あふ》れさせる母さんに、俺は慌てて弁明をする。

「ち、違う！　話せば色々と複雑っていうか。俺にも、まだよくわかっていないっていうか」

それは本当だ。

簡潔に説明すれば、闇の炎に突っ込んで死んだと思ったら、可愛い娘ができてましたー、だからな。普通は、こんなこと言っても絶対信じてくれない。俺だって、そうだ。

「パパ。この人が、パパのママなの？」

「……パパ？」

あ、これはもうだめかもしれない。先ほどよりも鋭い睨《にら》みと、感じたことがない殺気のような圧に、俺は……言い訳をやめた。

「――で？　説明してくれるかしら？　ヤミノ」

「ああ、まったくだ。俺も、どう反応したらいいかわからないぞ」

「……」

案の定、緊急の家族会議が開かれた。

俺とアメリアが並び、正面には父さんのタッカルと母さんのカーリーが鬼気迫る顔で、俺を見詰めている。

「その娘は……あんたの何？」

「……娘、です」

「ほう。娘……で？　母親は？　いつ生んだんだ？」

「は、母親はアメリアいわく俺の中で眠っていて。生んだのは、つい数十分前、です」

「真面目《まじめ》に答えてる？」

「はい。いたって真面目です」

まるで尋問されているかのように、俺は父さんと母さんから質問責めにされる。嘘はついていない。俺は事実を隠さず言っている。

とはいえ、絶対誰もこんなこと信じられるはずがない。しかも、その母親が闇の炎だって言ったら。

「……アメリアちゃん、だったかしら」

「うん」

「本当にヤミノがパパなの？　誰かと間違っているんじゃない？」

俺の時とは違い、優しい声音でアメリアに問いかける母さん。

「ううん。間違ってないよ。わたしのパパはパパだけ」

そう言って、俺の腕に抱き着いてくる。ちなみに、アメリアは母から下着を貰《もら》ってちゃんと穿《は》いている。服は、よほど気に入ったのか、俺のフード付きの上着を着用したままだ。

「アメリアちゃん。じゃあ、ママは誰なんだい？」

続いて父さんが、答えを聞いても一番信じてもらえないであろうことを問いかけた。

だが、当然アメリアの答えは。

「ママはママだよ。今は、わたしを生んで疲れちゃって、パパの中でおやすみ中だよ」

「う、うーん？　おい、ヤミノ。どういうことだ」

「えっとですね。信じられないかもしれないけど、この子のママは闇の炎なんです」

「おいおい、なに言ってるんだ？　お前。闇の炎は女性、というか人じゃないだろ。確かに、一夜にして闇の炎は消えてしまったが、それと関係しているのか？」

「俺にもまだよくわかっていないんだけど。……実は」

俺は、これまであったことを包み隠さず話した。

なんか心がすーっと軽くなっていたのも幸いしてか。ミュレットのことも、父さんと母さんなら、受け入れてくれると信じて……。

「そうだったのか。王都から帰ってきた時のお前の様子が変だとは思っていたが」

「変わっちゃうものね、心っていうのは。あのミュレットちゃんが……」

「……」

「パパ。大丈夫？」

「ああ、大丈夫だよ」

あっ、自然と頭を撫でてしまった。もう父親としての自覚が出ているのか？

「本当に父親みたいね」

「ああ。親だからこそわかる。今のヤミノは父親だ」

わかっちゃうものなのか？　凄《すご》いな親って。

「さてと……どうやら嘘は言っていないようだし、これぐらいにしましょうか。ね？　タッカル」

「そうだな。しかし、まさかこんなにも早くお祖父《じい》ちゃんになってしまうとは……まだ四十二歳だぞ？」

「なに言ってるの。この世には何百歳とか普通に超えている種族も居るのよ？　四十代なんてまだまだよ」

確かに。長寿の種族は多く存在している。代表的なのはエルフ族だな。俺より若そうに見える人でも、何百歳を超えているとかざらにあるらしいし。

会ったことはないけど。

「にしても、お前。体は大丈夫なのか？　本当に闇の炎に突っ込んで、更にそれを体内に宿しているって」

「今のところ異常はないよ。アメリア、なにかわかるか？」

「大丈夫だよ、パパ。ママは、パパの味方。絶対裏切らないから。もちろんわたしも」

「そっか。それならいいんだけど。でも、これからどうしたらいいんだろうな。まだ街は大騒ぎしてるだろ？　突然闇の炎が消えて」

窓から外を見ても、慌てている者達が多く見受けられる。

そもそも、街ひとつの騒ぎじゃ収まらないはずだ。いずれは、世界にも広まるはず。なにせ謎だらけの闇の炎が突然一夜にして消えたんだから。

「その辺りは、おいおい考えましょう。今は、朝ごはん！　アメリアちゃんも食べるわよね？」

「うん。食べる！」

「すぐできるから待っててね。ほら、ヤミノ。あんたの古着でいいからちゃんとした服を着せてきなさい。パパなんでしょ？」

「は、はい!!」

「わたしは、この服で満足してるよ？」

場所は移り、湯気立つ風呂場。本来なら、一人でゆっくりする空間なのだが。

「かゆいところない？」

「ああ、ないよ」

平常心だ。平常心……相手は娘。娘なんだ。それに裸は一度見ている。それに、湯気が凄いからはっきりと見えない。

なるべくアメリアのことは見ないようにしよう。

「流すよー」

さて、どうしてこんなことになったのか。

簡単に言えば、母さんが父親なんだから娘をお風呂に入れてきなさいと。結構汚れていたからな。朝食を食べる前に体を洗うことになった。

着替えようと二階の自室に向かおうとした時に言われたんだ。

確かに、大地に寝転がっていたからな。一応掃《はら》ったけど、綺麗《きれい》に体を洗ってから新しい服を着ないと。

「ありがとう、アメリア。よし。もう上がろう」

頭も体も綺麗になったことだし、すぐに上がろうと立ち上がるも。

「えっと、アメリア？　なんで湯船に向かって手を引いているんだ？」

アメリアに左手をぎゅっと包み込むように握られ、引き止められてしまう。

「だめだよ、パパ。ちゃんとお風呂に入らないと」

「いや、でも」

「入ろ？　パパ」

「……そうだね」

結局、アメリアと一緒に湯船にしばらく浸《つ》かることになった。どうしてだろうな。あの純粋な目には逆らえなかったんだ。最初こそ、意識していたけど……アメリアの父親に甘える娘という雰囲気に、自然と感化されてしまった。

その後、風呂から上がって新しい服を着て、父さん母さんと一緒に少し遅めの朝食を食べた。

朝食後は、外に出ず家で過ごすことにした。俺が闇の炎を体に宿したこと、その子供が居ることが知れることはないだろうが、念のためと。

色々と心配をしてくれたが、父さんと母さんは、共に仕事へ向かった。

ちなみに、父さんは自宅から少し離れた場所にある酒場で店主をしている。母さんには、冒険者の心得や戦闘術を教わっているけど……今日は、さすがに冒険者活動も酒場の手伝いも避けるべきか。

「百十二……百十三……百十四……！」

「パパ頑張れー！」

自室で、娘に応援されながら腕立て、腹筋、背筋と毎日の日課をこなす。ちなみに母が言うには、やる回数が多ければいいというわけではない。

やり過ぎは逆に体を壊す原因となる。昔は、毎日五十回ずつだったが、今は二百回ずつ。継続は必ず力になると、何度も教えられてきた。

「なあ、アメリア」

「なに？」

日課を終え、アメリアが用意してくれた冷たい水を飲みながら情報収集をすることにした。

「闇の炎。ママって何者なんだ?」

娘だったら、なにか知っているはずだと思い、問いかけてみたが。

「ママはママだよ。それに」

「それに?」

「焦らなくてもずっと一緒だから。ね?」

ふふっと、いつもと違ってどこか大人な雰囲気で笑いながら、はぐらかされてしまった。

確かに、俺の中に居るようだから、いつでも一緒だけど……。

結局、それ以上詳しい情報は手に入れることはできず、そのまま刻々と時間は過ぎていき、寝る時間となった。

当然のように俺はアメリアと一緒にひとつのベッドで寝ることになった。

眠れないと思ったが、不思議とあっさり眠れた。

まるで、闇の炎に包まれた時のように。


「――――ここは」

気が付けば、俺は……って!

「燃えてる!?」

さっきまで自室で寝ていたはずなのに、辺り一帯紫色の炎が燃え盛る空間に立っていた。

「あれ、この炎って」

紫色の炎。つまり俺の体内に取り込まれたはずの闇の炎と同じもの。

やっぱり熱くない。

なんなんだ、この炎は？

「パパ」

「あ、アメリア!?」

いつの間にか、アメリアが俺の正面に立っていた。

いや、アメリアだけじゃない。その背後にまだなにか……炎のように見えるが、何かが居る。

「これがママ。今は、こんな感じだけど。回復すればきっとちゃんとした姿で会える」

「ほ、炎が」

アメリアの言葉に、そうだと言っているのか。

紫色の炎が俺の腕をちょんっと触ってくる。まるで意思を持っているかのように。

「うん、うん。そうだね。きっと、パパなら」

なんだ？　アメリアは、闇の炎と話しているのか？

「なあ、アメリア。俺も話したいんだが」

「えへへ、ごめんねパパ。ママは、まだ本調子じゃないみたいだから」

「そ、そうか」

確かに、周囲の炎が徐々に消えていっている。

無理をして出てきてくれたようだ。

「パパ、これ」

「これは……指輪？」

消えゆく紫の炎の中で、アメリアが取り出したのは、透明な宝石がはめられた指輪だった。そして、アメリアは、左手の薬指に指輪をはめてくれる。

すると、さっきまで無色だった宝石が紫色に染まり、炎が燃え揺らめいた。

「き、消えた？」

しかし、すぐに指輪は消えてしまった。いったいなんだったんだ？　あの指輪。

「今のは【エーゲンの指輪】って言うの。これで、いつでもママの力を使えるよ」

「ママの力？」

「うん。一緒に頑張ろうね、パパ」

それを最後に、周囲の炎は全て消え、意識が徐々に薄れていく。

「────ん……朝、か」

再び目を覚ますと、見知った天井が視界に入る。

すう、すうと幼い寝息が耳に届き、左へ顔を向ける。

「パパ……」

あの時とは違い、本当に子供のような可愛い寝顔をしたアメリアが視界に映る。そんな彼女を見て、自然と優しく頭を撫でてしまう。

「ママの力、か」

左手の薬指を確認しながら、俺は静かに思い出す。

つまりは、闇の炎の力を使えるということ。アメリアが言うには自然とわかるようだが……なんで俺が。

「俺は、何者なんだ……」

謎多き闇の炎を体内に取り込み、それを扱うことができる。

……だめだ。なにもわからない。

◇◇◇◇

「はあ……！　はあ……！　な、なんなんだ！　あいつは!?」

とある森林地帯。

薄暗い中を一人の冒険者が傷だらけで逃げるように走っていた。

「俺の自慢の剣がまったく歯が立たないなんて！」

刃が砕かれ、もう使い物にならないほどにボロボロの剣を見詰め、歯を食いしばる。

「くっ！　もう来たか!!　あの巨体で、なんて速さなんだ!!」

轟音《ごうおん》を鳴り響かせ、木々が次々に薙ぎ倒されていく。

現れたのは、鋼鉄の巨体。

顔も、体も、腕も、何もかも鋼鉄。豪快に木々を薙ぎ倒しても、傷一つついていない。ギラリと怪しく輝く赤い瞳で、逃げる男を睨みつける。

そして。

「ぐあ!?」

その巨体からは信じられない跳躍力で、一気に距離を詰め、男へと突撃する。

「がはっ!? せ、背中、が……!!」

鋼鉄の塊で攻撃を受けた人間の体など簡単に破壊される。全身に激痛が走り、地面でもがき苦しむ中、飢えた鋼鉄の獣は、男を見下ろす。

「や、やめ、助け」

男の懇願も、獣には無意味。

容赦なく鋼鉄の爪が、振り下ろされた。

「うわあああああっ!?」

森中に響き渡る断末魔の叫び。死した男は、鋼鉄の獣により骨ごと捕食された。残ったのは、真っ赤な血。

鋼鉄の獣は、次なる獲物を求め、その場からゆっくりゆっくりと歩を進めた。

第二話　鋼鉄の獣と紫炎の弓矢

闇の炎が消えてから早四日。

街では、まだ騒ぎが収まらない。噂《うわさ》が噂を呼び、消えた闇の炎の跡地を見にわざわざ街を訪れる者達《たち》が現れ出した。その中には、王都からの研究員達も居た。

ずっと闇の炎を研究している者達だ。どうして、どうやって闇の炎が消えたのか。今では、ずっと闇の炎があった大地を調べている。とはいえ、まったく成果を得られていないようだ。

「面白いか？」

「うん」

その闇の炎の子供は、今俺の膝の上で楽しそうに本を読んでいる。

アメリアは、気が利くいい子だ。

甘えん坊ではあるが、家の手伝いを自分から進んでやっている。最初は、戸惑っていた父さんと母さんも、本当の孫のようにアメリアを可愛《かわい》がっている。

一度に大量の女児用の服を買ってきた時は、何事かと一瞬硬直したのを今でも覚えている。今は、その中にあった白い洋服と、可愛らしいカチューシャを身につけている。

「なあ、アメリア。ずっと家に居て息苦しくないか？」

「ううん。パパと一緒だから息苦しくないよ。パパの方こそ、大丈夫？」

「俺も大丈夫だ」

とはいえ、いつまでもこうしてはいられない。

今こうしている間も、困っている人達がギルドに依頼を出しているだろう。そのことを考えると、気持ちも、体も落ち着かない。

「おーい、ヤミノ」

「どうかした？」

今日は非番で、ずっと家に居る母さんが現れる。

ちなみに母さんが教官をしている学園は、戦士科と魔法科に分かれており、母さんは戦士科の教官の一人だ。

教官と言っても出勤は毎日ではない。他にも教官は居るので交代制なのだ。

部屋のドアに背を預けながら問いかけてくる。

「あんた、そろそろ外に出たいって思ってるでしょ？」

「まあ」

「明日だけどさ。あたしが受け持っている生徒達とちょっと遠出して、戦闘訓練をすることになってるの」

「まさか、それに俺も？」

「そ。冒険者さんに指名依頼ってことよ。ちゃんと、正式にギルドへ報酬ありの依頼として出すから」

指名依頼とは、冒険者にとってこのうえなく名誉なことだ。実力者に限らず、信頼がなければ指名依頼はなかなか来ない。

「本当にいいのか？」

「いいのいいの。あたしの息子だって言ったら一発で了承してくれたわ」

「いやでも、その間のアメリアが」

この数日で、父親としての自覚が更に増してしまった。そのため、娘を一人残すとなれば心配になってしまう。

しかし、アメリアは笑顔を向けてくる。

「大丈夫だよ、パパ。ちゃんと一人でお留守番できるから。それに」

きゅっと俺の左手を握り締める。

「パパとママとわたしは、ずっと繋《つな》がってるから。いつでもどこでも一緒なんだよ」

「そ、そうか」

「あんたもすっかり親ね。アメリアちゃんほどのしっかりした娘《こ》なら大丈夫よ。そんなに心配なら一緒に連れていく？」

「いや、それも」

闇の炎の子供とはいえ、危険な地に連れていくのは。

「ちゃんとお留守番してるよ」

「……よし。行くよ」

「うん。頑張ってね、パパ」

「決定ね」


そして、翌日。

俺は、母さんと一緒に戦闘訓練に参加する生徒達と集合した。

目的地は、街から少し離れた森林地帯を進み、滝が流れる川辺。

そこで生徒達は、母さんから色々と指導を受ける。

途中、野獣や魔物に出くわした場合は、各々で対処。危ないと思ったら母さんが手助けすることになっている。

「さあ、皆！　紹介するわ！　この子が、あたしの息子のヤミノよ。今日は特別枠として戦闘訓練に参加するから、よろしく!!」

母さんは、普段はセーターにズボンなのだが、今は仕事用の服だ。武器は、冒険者時代に使っていた【赤剛槍《せきごうそう》】と呼ばれるもので、普通の槍《やり》と違い赤くより大きいものとなっている。

「いでっ!?　えっと、ヤミノです。今日は戦闘訓練に参加することになりました」

「知ってます。カーリー教官が、よく自慢しています。攻撃も支援もなんでもござれの便利屋さんですよね？」

と、少し幼い顔立ちの金髪男子生徒が手を挙げて言う。

「相当な実力だそうだな？　後で手合わせしてくれよ」

続いて、強面《こわもて》の茶髪オールバックの男子生徒が挑戦的な笑みを浮かべながら言ってくる。

「あの！　お聞きしてもいいでしょうか!?」

「な、なにかな？」

胸の大きな赤髪ポニーテールの女子生徒が元気な声で叫ぶ。

「私、セナって言います！　実は、カーリー教官にヤミノさんの話を聞いてから、ずっとお話をしたいと思っていたんです!!　カーリー教官とどんな訓練をしているのか!?　私生活は、どんな感じなのか!?　冒険者として、どんな経験を積んできたのか!?　他にも他にも」

「え、えっと……？」

「はいはい！　そこまで！　話ならまた後で。今は時間が惜しいから移動するわよ!!」

セナからの怒涛《どとう》の質問を、母さんが割って入って止めてくれた。

「えー？　まだひとつも答えてもらってないですよ！　もっとお話ししたいです！　カーリー教官!!」

「今日は、遊びに行くわけじゃないのよ？　あんた達は、戦闘訓練のために選ばれた三人。いわば多くの生徒達のトップ。少しは自覚を持ちなさい。いいわね？　セナ」

「……はーい。ヤミノさん！　後でいっぱいお話ししましょうね！」

「わかった。だけど、質問はゆっくりで頼むよ」

「わっかりましたー!!　では、行きましょうー!!」

こんな遠足気分な感じだが、母さんが受け持つ生徒達から選ばれた三人のうちの一人。実力は、かなりのものだろう。

「僕も興味あるからお願いしますね」

金髪の男子生徒の名前はアルス。

可愛い顔をして、結構むちゃくちゃな戦い方をするとか。

「お前ら。教官が先に行ったぞ。さっさとついて来い」

教えるべき生徒達を置いて、さっさと行ってしまった母さんの後に続いて進んでいたオールバックの男子生徒の名前はビッツ。

やんちゃそうな見た目だが、この中だと一番真面目《まじめ》でリーダーのような立ち位置らしい。

「あ、待ってよー！　カーリー教官!!」

「急げー」

「おーい！　ヤミノさーん！　早く早くー!!」

「さっさと来なさい！　ヤミノ!!　置いていくわよ!!」

「今行くよ」

冒険者稼業で、パーティーでの戦闘には慣れている。とはいえ、迷惑をかけないように、しっかりついていかないとな。

「ヤミノ。ちょっといい？」

「え？　あ、うん」

皆に追いついた後、母さんに手招きされる。生徒達とは距離を取り、母さんと二人っきり並んで話す。

「結構無理矢理《むりやり》に連れ出しておいて、こう言うのもなんだけど……大丈夫？」

と、頬《ほお》を人差し指で掻《か》きながら言う。そんな母さんを見て、俺は安心させるために前を向く。

「大丈夫。いつまでも引きずってはいられない。……前に進まないと」

それに……ミュレットとしては、幼馴染《おさななじみ》として仲良くしてきただけで、それだけの仲なのかもしれない。

「そっか。それを聞いて安心したわ。まあ、今のあんたは妻子持ちだもんね。それで？　いつになったら会わせてくれるの？　お嫁さんに」

とんとんっと俺の体を母さんは突《つつ》く。

「俺にもわからない。アメリアが言うには、アメリアを生んで疲れているみたいなんだ」

「ふーん」

「お話ししましょうー!!」

「っと！」

痺《しび》れを切らしたのか。セナが、俺の隣に跳んでくる。

「こら、セナ。まだ親子の会話中なんだけど？」

「すみません！」

「はあ……」

そういえば、闇の炎の力を使えるようになったみたいだけど……まだ使い方がわからない。

いったい、いつになったら……。

「よーし！　あんた達！　周囲の警戒を怠らず、しっかり進みなさいよ!!」

「はーい！」

「了解です、教官」

「まあ、なにが来ようと負けはしねぇがな」

目的地へ向けて俺達は森の中へ入った。

母さんは、後方に下がり、生徒三人と俺が前を歩く。配置は、ビッツが先頭に立ち、その後ろにアルス、セナが並び、最後に俺となっている。

ビッツの武器は槍。アルスは短剣二本。セナは杖《つえ》。つまり魔法だ。

「そういえば、ヤミノさんはどんな武器を使うんですか？　腰には長剣を装備してますが、弓も持ってるし」

移動しながら、セナが問いかけてくる。

確かに、俺は腰には長剣を装備しているし、弓矢も装備している。

「まあ、色々と使えるかな。母さんが、俺には才能があるって言って、小さい頃からどんどん教えられてきたから。基本は、前衛なんだ」

「そうなんですか？　カーリー教官」

「その通り！　あたしもね。小さい頃は、色んな武器の使い方を覚えたんだけど。どうもしっくりこなくて。結局、槍を主武器にしたのよ。その点、ヤミノはどの武器を使っても優秀！」

「か、母さん。俺もいい年なんだから、そういうのは」

優秀と言っても、ひとつの武器を極めた強者と比べたら、中途半端だって思われるだろう。

実際、槍で母さんと戦ってもまだまだ勝てそうにない。

「カーリー教官は、息子自慢が好きですからね」

そうなのか？　褒められたことなんてほとんどない。さっきのだって、かなり久しぶりに褒められたから、めちゃくちゃ照れたんだが。

「私は褒めて伸ばす教え方じゃないのよ」

「でも、今褒めていましたよね？」

「たまには褒めないと。厳しいだけじゃだめなの」

確かに、優し過ぎるのも、厳し過ぎるのもだめと、いつも母さんは言っている。やり過ぎはよくない。それで体を壊してしまったら、せっかく費やしたものが台無しになる。

でも、俺の記憶が正しければ、褒められた回数……数えるほどしかないような。

「ん？」

「どうかした？　ヤミノさん」

「魔物……いや、そんな気配はないが」

なんだ、この押し潰さんとする威圧感は。

他の三人も、母さんも感じていないのか？

「ヤミノ。なにか、感じるのね」

「ああ。でも、それが何なのかはまだ」

「……三人とも。警戒心を高めなさい」

どういうわけかを聞かずに、三人は母さんの言う通りに警戒心を高める。先ほどまで、話す余裕があったが、今では無言で周囲を警戒しながら森を移動している。

いったい、なんなんだ。まさか闇の炎と関係している？　それで、俺だけが感じているのか？

「どうやら、何事もなく目的地に到着したが」

「ヤミノさん。まだ感じるんですか？」

「……感じる」

何事もなく目的地の滝がある川辺に到着した。

だが、まだ俺だけが感じる気配はする。

「ちょっとおかしくない？」

到着するやいなやアルスが低い声で呟《つぶや》く。

「どういうこと？」

アルスの言葉に、まだピンときていないセナは首を傾《かし》げる。

「ここは、多くの魔物が生息する森だよ。なのに移動中、一体も遭遇しなかった」

「確かに。俺も、何度かここに来たことがあるが、こんなことはありえねぇ。この森には好戦的な魔物が多いはずだからな」

「な、なるほど。じゃあ、なんでだろう？」

アルスの言う通り、この森には好戦的な魔物が多い。

戦闘訓練と称して、俺も母さんに連れてこられたことが何度もある。特に群れを成して襲ってくる獣系の魔物が生息している。

「なにか来るぞ！」

ここへ来る前に感じた気配とはまた違うものを感じた俺は弓矢を構える。

ビッツ達も、それに反応し武器を構えた。

「アースベアー!?　それも二体！」

森の中から豪快に出てきたのは、腕に岩石の鉤爪《かぎづめ》を装着した巨大な熊の魔物。腕の鉤爪はただの岩ではない。

アースベアーが魔法によって生成した特別な鉤爪だ。生半可な武器では傷つけることすらできない。アースベアーの強さは、この森の中でもトップ。それを二体同時に相手にするのは骨が折れるだろう。

……本来なら。

「ねえ、二体とも傷だらけじゃない？」

「本当だね。てことは」

「おい、来るぞ！」

そう。出てきたアースベアー二体は、どういうわけか傷だらけ。

簡単に壊れるはずのない鉤爪もボロボロだ。

（アースベアーより強い奴《やつ》が、この森に居るってことだ。そして、そいつは）

「アルス！　左の奴を頼む！」

「了解！」

前衛を務めるビッツとアルスが武器を構え、突撃する。

「けん制する！　セナ！　威力重視の魔法を！」

「はーい!!」

それを見て、俺はすぐさま矢を素早く二本放ちながら、セナに魔法を放つように言う。

「ナイスけん制！　手負いのところ悪いけど！　そりゃあ!!」

「腹が、がら空きだぜ!!」

狙い通り二体の目に矢が命中し、怯《ひる》んだアースベアーに、ビッツとアルスが攻撃を叩《たた》き込む。

「それじゃあ、トドメのー!!　〈バースト・ハンマー〉!!!」

詠唱を終えたセナが、トドメとばかりに炎中級魔法の〈バースト・ハンマー〉を唱える。

仲良く横並びになったアースベアーの頭上に巨大な炎のハンマーが現れ、そのまま容赦なく振り下ろされた。

「ファイヤー!!!」

「あっぶね!?　おい！　俺達が離れてからにしろよ！」

「それに、ここ森だよ？　水辺があるからよかったけどさ」

弱っていたからか、セナの一撃で二体のアースベアーは撃退できた。

本来なら、こうもあっさり倒すことはできないのだが。

「ごめんごめん！　だって負傷していたとはいえ、アースベアーだよ？　だから私が覚えている魔法の中でも派手で！　威力のあるものを」

「派手さで選んだだろ！」

「そういうところあるよね、セナって」

「まあまあ。倒せたんだから。それに威力重視って言ったのは俺なわけだから」

「えへへ。ヤミノさん、やっさしー」

「あんた達よくやった！　けど、さっきのアースベアー。どうしたのかしらね。この森にはアースベアー以上の魔物はいないはずだけど……」

トントン、と槍を地面にぶつけながら周囲を見渡す。

「……」

「ヤミノ？」

「なにか、来る！」

俺は、アースベアー達が現れた方向に弓矢を構える。

「な、なんだこの感覚……！」

「か、体が勝手に震えて……！」

「なに、なにが来るの!?」

「あんた達！　下がりなさい!!」

さすがにここまで近づくと皆も何かを感じたようだ。生徒三人はカタカタと身を震わせ、母さんは三人を護《まも》るように槍を構えて前に立つ。

「なんだ、こいつは？」

現れたのは……アースベアーの倍はあろう巨大な鋼鉄の獣だった。

全身が銀色に輝く鎧《よろい》のようだ。

しかし、本当に鎧を纏《まと》っているわけではない。

鋼鉄の皮膚、いや鱗《うろこ》？　ともかく全身が鋼鉄でできている巨大な獣。その鋭い爪には、べったりと真っ赤な血が付着している。

おそらく、さっき倒したアースベアーのものだろう。

「カーリー教官！　俺達も」

「下がってなさい！　四人とも!!」

すぐ目の前の敵の脅威を悟った母さんは、我先にと立ち向かう。

「カーリー教官!?」

「ど、どうしよう？　あれ、倒せるの？」

三人は、ほとんど戦意を喪失している。

ビッツはまだ戦おうと拳を構えているが、体は正直のようだ。カタカタと小刻みに震えている。

「かった!?」

想像以上に硬い。母さんの自慢の相棒である【赤剛槍】が簡単に弾《はじ》かれてしまう。

「三人とも！　今の内に逃げるんだ!!」

冷静に分析している場合じゃない。

俺は、母さんが鋼鉄の獣と戦っている間に三人へ逃げるように指示する。

「ば、馬鹿言うな！　教官を置いて逃げるなんて」

「そ、そうだよ。せめて、一緒に戦って」

「ヤミノの言う通りよ!!」

初めて聞く緊迫した声音で叫びながら母さんは、弾かれるように俺達のところに戻ってくる。乱れた呼吸を整えながら、鋼鉄の獣へ【赤剛槍】を構え直しながら叫んだ。

「あたしが時間を稼ぐ！　だから早く逃げなさい!!　あんた達が敵《かな》う相手じゃないわ!!　教えたはずよ！　敵わないと思った瞬間、すでに敗北しているって!!　今は、生き延びることだけを考えなさい!!　ヤミノ！　三人を任せたわよ!!」

「わかった!!　行くぞ、お前達!!」

「で、でも」

「くそぉ!!」

「……くっ」

俺は、一歩も動けなそうなセナの手を取り駆け出す。それに続き、ビッツとアルスが悔しそうに歯を食いしばりながら後に続いた。

「いいのかよ！」

「……」

「カーリー教官は、お前の母親なんだろ!?」

振り向くことなく真っすぐ逃げる俺に、ビッツは叫ぶ。

その間にも、戦闘音が後方で響き渡っていた。だが、それは徐々に小さくなっていく……。

「なんとか言えよ!!」

いつまで経《た》っても何も言わない俺に対して、ビッツはさっきよりも大きく、感情の籠もった声で叫ぶ。

「ビッツ。やめなよ」

「はあ？　なに言ってんだ！　アルス!!」

「ヤミノさんの判断は正しいよ。今の僕らじゃ、足手纏《あしでまと》いだ。それに、一番つらいのは……ヤミノさんだ」

今は……今は、三人を遠くに逃がすことだけを考えるんだ。

頼む、母さん。死なないでくれ……！

◇◇◇◇

ヤミノ達が逃げ去った後、カーリーは相手から感じる圧に圧《お》し潰されまいと、自分を鼓舞しながら【赤剛槍】を振るう。

「本当に硬いわねぇ！　この槍、一応鋼鉄も貫くものなんだけど」

それに加えて、魔力を纏わせることで攻撃力と切れ味を底上げしている。本来ならば、傷ついてもおかしくないはずなのだ。

「……前線を離れて久しいわね、この感覚」

カーリーは、冒険者としてA級まで上り詰めた。しかし、上には上が居る。自分の成長の限界を思い知らされ、冒険者を引退した。その後は、冒険者仲間である親友から学園で、教官をしないか？　と誘われ、それを承諾した。

（まったく……鈍《なま》らないようにしていたけど、いざ命を懸けた戦いになると、思うように体が動かないものね！）

冒険者としての生活を諦めたが、戦うこと自体は諦めていなかった。教官として生徒に戦う術《すべ》を教えながらも、己を鍛えることを続けていた。教えることで、誰かの成長を喜ぶことで、満足していた。

「くっ!?」

全身鋼鉄の巨体からは想像できない鋭い攻撃をなんとか防ぐも、両手が痺れてしまう。

（歳《とし》……いや、単純に相手が強過ぎる！）

なんとか回避はできる。だが、まったくといって攻撃が通らない。このままでは、いずれ体力がつき、避《よ》けることすらできなくなってしまうだろう。

「ヤミノ達は……もう逃げ切った頃かしら」

まだ両腕に痺れが残る中、カーリーは逃がしたヤミノ達のことを考える。一瞬の隙も許されない死闘の中、本来なら他に意識を割くことは自殺行為。

しかし、どういうわけか。相手は、こちらを観察しているかのように、見下ろしたまま動かない。

「なによ。かかってこいってこと？」

相手に意思があるかどうかは定かではないが、危機的状況にあるカーリーにとっては、そう思えて仕方なかった。

「正直、あんたに勝てるとは思えない。だけど、それで諦めたわけじゃないわ」

自分の言動に、生徒達を逃がす時に言い放った言葉を思い出す。

（生徒達にあんなことを言ったのに……）

すでに敵わないと思っているのに、逃げようとしないカーリー。矛盾しているが、体が敵の方を向いたまま動かないのだ。

「さあ、もう少し相手をしてもらうわよ!!」

まだ痺れている両腕を無理に動かし、突撃していく。

鋼鉄の獣の一撃を回避し、槍先に魔力を纏わせる。

「〈瞬迅〉!!」

ぐんっと魔力を纏った鋭い突きが相手の腹部へと入る。が、鈍い音を響かせるだけで、まったくの無傷だ。

「〈烈打〉!!」

そこからぐるっと体を捻《ひね》り、横薙《な》ぎに叩きつける。

「まだまだ！」

相手に反撃の隙すら与えない連続攻撃。一撃一撃が、並みの魔物ならば撃退できる威力だ。それでも、鋼鉄の獣に対してはまったくの無意味。攻撃を受けながらも、ゆっくりと腕を振り上げ。

「────」

咆哮《ほうこう》する。

まるで押さえつけられたかのように、カーリーの動きが止まってしまう。

「こ、の!!」

攻撃を受ける直前に、身体強化魔法で耐久力を上げるも衝撃が体を襲う。

「がはっ!?」

あまりの衝撃に、足腰が立たなくなり、地面に崩れる。

「さすがに、きつい、わね……」

もう体が動かない。逃げることができない。そして、相手はこちらを殺しに来ている。

（せめて、まともなダメージを与えたかったわね……）

トドメを刺さんと鋼鉄の獣は腕を振り上げる。

（あなた……ヤミノ……ごめんなさい）

自分の死を覚悟したカーリーは、目を瞑《つぶ》る。

「……」

しかし、いつまで経っても何も起こらないことを疑問に思い、ゆっくりと目を開く。

「大丈夫か？　母さん」

「ヤミノ？」

視界に映ったのは、生徒達と共に逃げたはずのヤミノの姿。カーリーの体を抱きかかえ、優しく微笑《ほほえ》んでいた。周囲は、紫色の炎で覆われており、鋼鉄の獣の右腕は高熱で溶けたかのようになくなっていた。

「……」

「どうかした？」

ぼーっと見詰めていたカーリーに、ヤミノは首を傾げる。

（いつの間にか、こんなにも頼もしくなっていたのね……）

息子の成長を母親として嬉《うれ》しく思いながら、体の力を全て抜く。

「か、母さん？」

「疲れた」

「え？」

「あたしは休むから、さっさとやっちゃいなさい。ヤミノ」

「……ああ！　任せてくれ!!」

普段は、どこか頼りない感じのヤミノが迷うことなく叫ぶ。自分が、傷一つ負わせることができなかった敵を目の前にして。だが、不思議と安心感がある。カーリーは、その勇姿を記憶に刻もうと疲れた眼《め》を真っすぐ向けるのだった。

◆◆◆◆

「間に合え！　間に合え!!」

なんとか三人を森の外へ逃がした後、俺は急いで母さんのところへ駆けていた。

だが、今の俺に何ができる？

……そうだ、闇の炎。

まだどんな力かはわかっていないけど、もしかしたら。

（あの、すみません。聞こえてますか？　闇の炎さん！　聞こえてるなら、俺に……俺に力の使い方を教えてください!!　母さんが……家族を助けたいんです!!）

走っている間も、何度も俺の体内に居る闇の炎に呼びかける。

自然とじゃだめだ。

いつかなんてだめだ。

今すぐ……今すぐ、力の使い方を教えてくれ！

「な、なんだ……左手が」

まるで願いを聞いてくれたかのように、左手の薬指が紫色に光り輝く。

現れたのは、あの時の指輪――【エーゲンの指輪】だった。

頭の中に……俺が知りたかったことが流れ込んでくる。

「……ありがとうございます。まだ本調子じゃないのに」
(パパ)
「アメリア!?」

今度は、この場にいないはずのアメリアの声が脳内に響き渡る。

(一緒に助けよう。わたし達ならできる)

「……ああ!」

指輪から溢《あふ》れ出《だ》す紫の炎が、俺の全身を包み込む。

俺はそのまま母さんのところに引き寄せられるかのように飛んだ。

「母さん!!!」

まさに、鋼鉄の獣がトドメの一撃を入れようとしていたところだった。

俺は、鋼鉄の獣と母さんの間に割って入る。

まるで一気にその場へ瞬間移動したかのように。

「―――」

鋼鉄の獣の爪は、炎に触れた部分が溶けている。予想外のことだったのか。怯んで、後方へ下がった。

バランスを崩した母さんを、俺は抱きかかえる。

その間も、紫の炎は、俺達を護るように燃え盛っていた。一通り母さんと会話をし、後のことを任された俺は、距離をとってから、ボロボロの母さんをゆっくり座らせ、鋼鉄の獣と対峙《たいじ》する。

「時間はかけない」

燃え盛る紫の炎は、俺の左手に集まり形を成す。

「弓？」

まだ本調子じゃないため、これは未完成の形。ゆらゆらと、形が安定せず、今にも弾けて消えそうな不安感がある。

けど、今はこれで十分。

「やるぞ、アメリア」

（うん。あんな鉄の塊。わたし達の炎でやっつけちゃおう。パパ）

傍《そば》にアメリアが居るかのような感覚……いや、居るんだ。アメリアが言っていた通り、俺達は繋がっている。

静かに弓を構えると、右手に一本の矢が形成された。

「――――」

まるで、よくもと言わんばかりに鋼鉄の獣は咆哮する。

「焼き貫け」

突撃しようとした瞬間、鋼鉄の獣の周りを囲むように十以上の炎の矢が出現する。

「〈ヴィオフレア・アロー〉!!」

一斉に周囲の炎の矢が、鋼鉄の獣を貫き、動きを止める。

そして、最後に俺から直接放たれた轟々《ごうごう》と燃え盛る炎の矢が、体を焼き貫き、巨大な穴を空けた。

鋼鉄の獣は、崩れ落ち、紫炎に燃える。

「ふう……」

「ヤミノ……あんた」

……これが闇の炎の力。

さっきまで感覚が研ぎ澄まされて、なんでもできるって本気で思っていた。こんな力が、まだ世界中にあるっていうのか？

「母さん。大丈夫か？」

炎は消え、いつもの感覚に戻った俺は目を丸くしている母さんへ声をかける。

「え、ええ。はあ……驚いた。闇の炎っていうのは、あんなにも凄《すご》い力だったのね。想像以上よ」

緊張が解《ほぐ》れたのか。深いため息を漏らす。

母さんの言葉に、俺も同意しながら【エーゲンの指輪】を撫《な》でる。

「俺も驚いてる。でも、さっきので本調子じゃないんだ」

「そういえば、そんなこと言ってたわね。じゃあ、無茶《むちゃ》させちゃったかしら」

「でも、そのおかげで母さんを助けることができた。もし話せるまで回復したら、ちゃんと直接お礼を言わなくちゃ」

「その時は、あたしにも会わせなさいよ？　親として挨拶もしたいし」

「あははは……そうだね」

こうして、予期せぬ危機は去った。

でも、これはまだ始まりに過ぎなかったんだ。本当の危機は、これから起こる。

◇◇◇◇

「な、なんなんだ！　この化け物は!?」

「将太《しょうた》様！　今回復を！」

「俺が相手をする！　その間に、回復しろ！」

ヤミノが闇の炎を使いこなし、鋼鉄の獣を撃退した次の日。

異世界より召喚された勇者将太とその一行は、兵士達が遠征から帰還する途中で、王都近辺の森に、見たことのない魔物を発見したという情報を受けた。

もしかしたら、世界の脅威になるかもしれないと【聖剣シャイニル】を携え、現場へと出立すると……一目で世界の脅威だと感じ取ったのだ。

将太達は、今こそ訓練の成果を見せる時と、勇敢に武器を構えて挑んだ。

しかし、四人がかりでも苦戦を強いられた。

右腕を切り飛ばし、相当のダメージを負わせたが、まだ倒せない。一番ダメージを負っている将太を一旦下がらせ回復するために、戦士ダルーゴが身の丈よりも大きい戦斧《せんぷ》を構える。

「は、はい！」

「ダルーゴ。あなただけに任せられないわ。あたしもやるわよ！」

突撃していくダルーゴに続くように、魔法使いティリンが杖を構え魔力を込める。

「さっさと倒れやがれ!!　化け物が!!」

鍛え上げられた隆々とした筋肉で振るう戦斧と鋼鉄の鉤爪がぶつかる。

どちらも一歩も引かない攻防。

その間に、将太は聖女ミュレットから回復を受け、ティリンは魔力を込め続ける。

「いいわ！　少し引きなさい！　ダルーゴ!!」

「ああ!!」

「〈ライトニング・スピアー〉!!」

ダルーゴが後方に下がると同時に、鋼鉄の体を雷が貫く。雷属性の中級魔法である〈ライトニング・スピアー〉は、雷による貫通力を槍として形成し敵を貫くもの。本来なら、大型の魔物だろうと風穴を空けるのだが。

「はあ!?　効いてないの!?」

まったく効いていない、というわけではないが、自慢の魔法を食らっても平然としている相手に驚きを隠せないティリンだった。

「二人とも、下がるんだ！　トドメは僕がやる!!」

回復を終えた将太は、勇者のみが扱えるとされる【聖剣シャイニル】の刃《やいば》に光を収束させる。

「この一撃で沈め！　〈光刃斬〉!!!」

「――――」

右腕を切り飛ばした技にて、鋼鉄の獣を一刀両断する。

鋼鉄の獣は、完全に沈黙した。

「はあ……はあ……」

「やりました！　さすが将太様です!!」

「俺らの攻撃も効いていないわけじゃなかったが、やっぱり勇者の攻撃が一番効果的だったな」

「とりあえず、これで脅威は去ったのね。はー、疲れた」

多少の負傷はあったものの勝利を収めた勇者一行。

その後、共に行動していた兵士達により、活躍は王都中に広められる。それは次第に、世界中へ……。

「聞いたか？　勇者様がさっそく世界の脅威を倒したんだってよ！」

「ああ、聞いた聞いた。どんな強力な武器も魔法も通用しないって奴だろ？」

鋼鉄の獣を倒した日から数日。

今でも、王都では勇者一行の話がそこら中で話題になっている。

「……」

「どうかしましたか？　将太様」

王都で有名な喫茶店のラウンジで将太は、その話をどこか浮かない表情で聞いていた。

それに気づいたミュレットは、心配そうに問いかける。

「まだあの話をしていますね。当然と言えば当然ですが。あれだけの化け物を倒したのですから」

浮かない表情の将太に対し、ミュレットは自分のことのように笑みを浮かべる。

「だめだ」

「将太様？」

持った紅茶のカップを置き、頭を抱える。

「僕は、勇者じゃないのか……勇者ならもっと……」

将太の脳裏に浮かぶのは、鋼鉄の獣と戦った時の映像。

自分は勇者。

選ばれし存在。

だというのに、あの戦いでは苦戦を強いられた。確かに、攻撃は効き、倒せはした。だが、最初の戦いで苦戦しているようでは、この先どうなる。

（……いや、違う。僕はまだ勇者として覚醒していないだけなんだ。そうだよ。ゲームでだって最初はレベルが低くて苦戦する時があるじゃないか。そうだ。そうに違いない）

今回苦戦したのは、まだ本当の意味で勇者に至っていないから。

ならば、苦戦するのも頷《うなず》ける。

「将太様。体調が悪いようでしたら、今日は城に戻った方が」

「いや、大丈夫だミュレット。心配かけたね。さあ、デートを続けよう。今日は、高級レストランを予約しているんだ。時間まで散歩でもして過ごそう」

気持ちを切り替えた将太は、心配してくれるミュレットの手をそっと取り笑顔を向ける。

「はい。将太様」

自分は勇者。選ばれし存在。

まだまだ強くなれるはずだ。

(それに、苦戦したとはいえ誰も倒せなかった相手を僕が倒したんだ。よく考えれば、凄いことじゃないか……)

だが、将太は……いや、世界はまだ知らない。

知らぬ間に、鋼鉄の獣を倒した者がもう一人居ることを。

「そういえば、故郷に居る幼馴染。ヤミノくんだったかな？　手紙の返事は来たのかな」

「はい。あっちは変わりないみたいです。こっちは、そろそろ救済の旅をしなくちゃなりません。だから、一度会っておこうと思ってます」

「それは良い。どうせなら王都へ呼ぶのはどうかな？　その方が、彼も喜ぶだろう」

「ふふ、確かにそうですね。ヤミノも一度王都に行ってみたいって言ってましたから」

「そうと決まれば、招待状を書かないといけない。どうする？　ミュレット」

「そうですね……帰ったら、書こうと思います」

「じゃあ、デートの続きをしようか」

「はい」

そう言って、将太とミュレットは会計を済ませ喫茶店を後にした。

◆◆◆◆

鋼鉄の獣との戦いを終えてから数日。

俺は、今日も娘のアメリアと静かな日常を過ごしていた。あれ以来、闇の炎は何の反応も示さない。やはり回復しきっていないところを無茶させた影響なんだろうか。

けど、アメリアが言うにはそろそろ回復するそうだ。ちなみに、あの戦いのことは誰にも話さないように母さんが、アルス、ビッツ、セナの三人に言い聞かせた。

とはいえ、あんな危険な魔物がまた現れるかもしれない。母さんは、秘密裏にコネを使って、冒険者ギルドや傭兵団《ようへいだん》などに情報を提供した。もちろん俺のことは伏せて。鋼鉄の獣は、今や世界各地で出現している謎の化け物。

それが、知らぬ間に出現したとなれば街に混乱を招く。

「けど、勇者達も倒したみたいだな。あの化け物」

今日も、アメリアを膝に乗せて一緒に本を読んでいる。

「そうみたいだね」

全然興味がないかのようにアメリアは呟く。

まだ数えるほどしか確認されていないが、鋼鉄の獣は最初、新種の魔物だと思われていた。運よく逃げ切ることができた、とある冒険者からの情報が始まりだそうだ。

だが、勇者将太が、鋼鉄の獣こそ世界に危機を及ぼす敵だと宣言したことで、危険度は一気に跳ね上がった。

「最初に倒したのはパパだけど」

「いや、王都はここから馬車でも二日はかかる。情報が伝わるまで時間差があるから、もしかしたら勇者一行が最初かもしれないだろ？」

「ううん、絶対パパだよ」

絶対の自信。勇者じゃなくて、俺だと擦り寄りながらアメリアは答える。

まったく、この子は。

「おーい、ヤミノ、アメリアちゃん」

「母さん。怪我《けが》はもう大丈夫なのか？」

「まあね。あんたのおかげで、大きな怪我は特になかったから」

部屋に入ってきた母さんは、あの時の怪我がまだ残った状態。しかし、仕事は休んでいない。何事もなかったかのように過ごしている。

父さんや街の人達からはもちろんのこと、生徒達からも心配されている。あのカーリー教官が!?と。

が、母さんは。

「あたしだって人間。怪我ぐらいするわよ。かすり傷だから心配しないで！」

と言って、とりあえずは収まった。

「それにしても、あんな化け物を一撃で倒しちゃうなんて。凄いのね、闇の炎って」

その子供であるアメリアの頭を撫でながら母さんは言う。

「パパとママ、それにわたしが力を合わせれば、あんなの敵じゃないよ」

どうだ、と言わんばかりにアメリアは胸を張る。

「それで、そのママはまだ？」

「もうそろそろかな。話せるようになったら、ちゃんと紹介するから。それまで、待っててカーリーさん」

「もう、カーリーさんなんて他人行儀ね。おばあちゃんでいいわよ」

「そういうの気にしないんだな、母さんは」

「まあ、この歳でおばあちゃんになるなんて思わなかったけど。孫ができたら、いずれ呼ばれることになるんだし。それにアメリアちゃんは可愛くていい子だから、いいのー」

すっかりメロメロだな、母さん。

見たことのないだらしない顔をしてアメリアを抱き締めている。けど、アメリアと一緒に住むようになってから父さんも母さんも、どこか若々しくなったというか。

可愛い孫ができて嬉しいんだろうな。

「あ、そういえばマリアにはどう説明する？　彼女、まだあんたとミュレットちゃんが結婚するって、思ってるみたいだけど」

マリアとは、ミュレットの母親だ。

まだ俺とミュレットの間に何があったのかを知らない。手紙は、俺と同じぐらい定期的にやりとりしているようだ。内容を聞いたが、聖女として頑張っていること、勇者やその仲間のことが主らしい。

……勇者と親密な仲だということは、書いていないようだ。

後で、驚かせようとあえて伏せているのか。それとも、俺に気を遣っているのか。いや、それはないか。

「マリアさんには悪いけど、今は伏せておこう」

「……そう。でもまあ、すぐそういうことだってバレちゃうと思うけど」

と、アメリアを見る。

「そうかもな」

「えへへ」

俺は、アメリアの頭を撫でる。

「いや、変な方向に勘違いされるんじゃないか？」

「……そうかもね」

変な未来を想像してしまった俺は、もしもの時を考え、母さんとアメリアを加えて、知恵を絞ることにしたのだった。

「――これって」

それは、また眠りについた後のこと。

俺は、あの空間に居た。

「まさか回復したのか？」

「うん、そうだよパパ。ママがようやく話せるぐらい回復したの」

アメリアの声だ。

そうか。ようやくか。いったいどんな……え？

「……」

ようやくあの闇の炎の化身？　に会えると思い振り返る。

そこに居たのは、いつものように天使のような笑顔を作るアメリアと……長身の女性だった。明らかに、俺よりも背が高い。

紫色の長い髪の毛と瞳。まるで一度も外に出たことがないのではないかと思うほどの白い肌を、袖のないワンピースで覆っている。どこか儚《はかな》げで、護ってあげたくなるような美人だ。

そんな彼女だが、娘の後ろに隠れている。全然隠れ切れていないけど。

少し回復したからなのか、頭上には、光の輪が浮いており、中央には翼を連想させる不思議な炎が燃えていた。それに毛先が燃えているかのように明るい。

「もうママ。恥ずかしがってないで、ちゃんと挨拶しよ？」

「……」

アメリアが小さいのもそうだが、彼女もかなりの高身長なため膝を折って隠れているが、隠れ切れていない。なんかこう……見方によっては、ほらパパよ？　と娘に紹介しているように見えなくもない。しかし、紹介されているのは母親の方という。

「んん！　あなたが、俺の体内に居る闇の炎、でいいんですか？」

こちらから問いかけると、彼女は無言のまま頷く。

美人。はっきり言って美人だ。まさかあの闇の炎の化身が、こんな美人さんだったとは。そして、俺の……。

「改めて。俺はヤミノ。あなたの名前は？」

子供にはなかったけど、あるのか？

「……ヴィオレット」

「ヴィオレットさん、ですか」

「さんはいらないよ、パパ。夫婦だよ？　ほら、ママも隠れてないで」

「……」

これはなんだか大変そうだ。

仲良く、できるのかな？　いや、かなり特殊だが、夫婦になったからには！

「初めまして、ヴィオレット。それと、母さんを助ける時に力を貸してくれて……本当にありがとう」

俺の方から歩み寄り、手を差し出す。

ヴィオレットは、しばらく手を見詰めた後、ゆっくりとアメリアの後ろからだが、手を伸ばして

くれた。

「よ、よろしく」

少し遠慮気味に、俺の手を握ってくれた。心地いい……そんな温かさがある手だ。

「こちらこそ」

これが、とりあえずだが、第一歩だ。

それは、本当に小さな一歩だけど、俺達はこれからだろう。

その後は、アメリアが間に入りながらだけど、他愛《たわい》のない話をして、現実に戻った。

いつもの朝。いつもの天井。いつもの娘の寝顔……いや、なんか違和感がある。

「ん？　なんか腹の辺りが膨らんでいるような」

股間じゃない。確実に腹の辺りだ。

動いている。なにやらもぞもぞと。

「あっ」

「……」

毛布を捲《まく》ってみると……ヴィオレットに似た小人と視線が合った。

先ほどのヴィオレットとは違い、顔はもちっとしており、俺の服を握る両手はとても小さい。ふいに視線が合ってしまったため、しばらくお互い無言のまま見詰めていたが、我に返り口を開く。

「もしかして、ヴィオレット？」

「……うん」

恥ずかしいようで、視線を逸《そ》らしながらも、小さく頷く。

これはいったい……。

「わ、私の力の根源は、あなたの中に入ってる、から。実体化するには、これぐらいじゃないと」

視線を逸らしたままだが、今の状態についてヴィオレットは説明をしてくれた。

そうか。ヴィオレットは、俺と一体化しているんだもんな。夢の中、いや精神世界か？　そこでなら問題はないのだろうが、現実は違うということか。

「一応……大きくは、なれるけど」

な、なれるのか。

「今のままだと、数分ぐらいしか、もたない」

なるほど。まだ会話できるぐらいしか回復していないからな。でも、完全回復したら結構長く元の大きさになれるってことだよな。

「……」

「……うぅ」

身を起こし、ミニヴィオレットを両手で抱える。

本当に人形のようだ。そこまで重さはなく、程よい。普通の人形、いやぬいぐるみ？　と違うところといえば、完全に人がそのまま小さくなってしまったかのように、柔らかいし、温かい。

それに……あ、予想通り。頬《ほ》っぺも、もちもちしてる。

「おぉ……！」

「むにゅぅ……」

……はっ!?　しまった。あまりのもちもち感に夢中になってしまった。これ以上は、さすがに夫婦とはいえ失礼だよな。

ヴィオレットも、我慢してくれているようだけど。

「ご、ごめん！　触り過ぎた！」

「だ、大丈夫。ふ、夫婦だから……。でも、恥ずかしい……！」

慌ててベッドに下ろすと、あの不思議な炎の輪を出現させ両手で持ち、顔の前に持ってくる。おそらく、顔を隠しているのだろうけど……ほとんど隠せていない。というか、自由自在に出したり消したりできるのか。

「あっ、さっそく夫婦仲良くしてるんだね」

「アメリア。お、おはよう」

「うん、おはようパパ。ママもおはよう」

「お、おはよう」

娘に変なところを見られてしまった。しかし、さっきのは夫婦としての触れ合い、なのだろうか？　完全に俺が一方的に触っていたというか。

傍《はた》から見たら人形で遊んでいる青年にしか見えないんじゃないだろうか？

「ようやくだね。これで挨拶できるよ」

「あ、挨拶……」

「そういえば、そうだな」

これでようやく妻を紹介できる。

できるが……。

「き、緊張してきた……。ど、どうしよう？　アメリア」

「大丈夫だよ、ママ。二人ともとっても優しい人だから」

そんなこんなで、ヴィオレットが緊張しているところ悪いが。

「――父さん、母さん。紹介するよ。この人が、俺の妻でアメリアの母ヴィオレットだ」

朝食前に、家族へ紹介することにした。

父さんも母さんも、ようやく挨拶ができるとどこか緊張しつつも嬉しそうにしていた。が、実際にヴィオレットに会うと。

「……ヤミノ。冗談、じゃないよな？」

「冗談じゃない」

「なるほど。アメリアちゃんの時点で色々と予想はしていたけど……こう来たか」

「これは、さすがにあたしも予想外だったわ」

「……」

二人の反応は俺も理解できる。というか、彼女もいなかった息子がいきなり娘ができました！という時点で色々おかしいからな。アメリアのことは、結構すぐに受け入れてくれた二人でも、困惑するだろう。

なにせ、紹介した妻は、娘に抱きかかえられているのだから。

「ほ、本当はもっとこうすらっとしている美人さんなんだ。けど、なんていうか彼女の力の根源？は、俺と一体化しているから。それに完全に回復もしていないから、その」

俺がなんとか説明すると、二人は一度視線を合わせ同時に頷く。

そして、再びヴィオレットを見てから口を開く。

「そうか。そんなに美人なのか。いや、今の時点でもそういう雰囲気は感じられるから。うん、お前の言う通り美人なんだろうな」

「お、大きくなれるけど」

ずっと沈黙を貫いていたヴィオレットは、さすがに今の姿のままは失礼だと思ったのか、本当の姿になろうとする。

「いいのよ。ヴィオレット。子供を産んだ後でしょ？　無理をしちゃだめよ。どんな姿でも、こうして直接会えた。それだけで十分よ」

「……そ、そう」

母さんの言葉に、ヴィオレットは安心するようにアメリアに再び寄りかかる。

「さて、それじゃ改めて。よろしくねヴィオレット。ヤミノの母カーリーよ」

「父のタッカルだ。息子のことよろしくな」

「よろ、しく」

こうして妻を家族に紹介することができた。

「あ、ちょっと待って。確か、ヴィオレットは、この街の近くにあった闇の炎の化身なのよね？」

「う、うん」

「で、闇の炎はまだ世界中にある。てことは？」

「その数だけ妻が増えるってことか」

「いや、まだ増えるって決まったわけじゃ！　それに妻とは限らないし！」

「あ、全員女性だから心配いらないよ、パパ」

いったいなにがどう心配いらないんだろうか。え？　もしかして妻を増やすことは決定なのか？

待て待て。急に妻と娘ができたことをようやく受け入れたばっかりだっていうのに。

けど、他の闇の炎の化身は、どんな感じの人なんだろうか。

そもそも彼女達は……人なのか？　ちらっとヴィオレットを見ながら、俺は他の闇の炎のことを考えるのだった。


「よう、ヤミノ。幼馴染のミュレットがいなくて寂しくないか？」

「おい！　ヤミノ！　まさか、寂しいからって人形を可愛がってるのか？」

俺とミュレットのことを知っている者達は、今では俺を見かける度にミュレットのことを言ってくる。

当然と言えば当然だ。ミュレットは、いまや聖女。

その聖女の幼馴染である俺が話題に上らないわけがない。そして更に、最近は俺の様子が明らかにおかしいということで、心配もされている。

「なんだ？　その人形？　随分と可愛いじゃねぇか」

「まさか、王都に居るミュレットからの贈り物か？」

「いや、そういうわけじゃ……と、とりあえず俺は大丈夫だから。それじゃ！」

「あ、おい！」

俺は、知り合い達から離れ、裏路地へと隠れる。

「はあ……やっぱり目立つか」

「や、やっぱり実体化しない方が」

俺は、今……夫婦で散歩をしている。とはいえちょっと特殊な感じに。

ミニサイズのヴィオレットを、俺が抱えて歩いているんだ。

傍から見れば、俺が人形を抱えているように見えている。さっきの知り合い達もそうだ。これは、アメリアの提案だ。

せっかくこうしてヴィオレットが回復したんだからと。夫婦とはいえ、俺達はまだ互いのことをほとんど知らないし、仲がいいとは言い切れない。だから、こうして仲を深めるためにまずは二人で散歩を、ということらしい。

けど、ご覧の通り色んな意味で目立ってしまうため、中々自由に散歩ができない。

「俺は、その方がいいって思ってるんだけど」

「だめだよ。そんなのパパが一人で散歩しているだけ。ちゃんと二人で！　散歩しなくちゃ」

娘が、俺達のためにと是が非でもこうして散歩させようとするのだ。

甘えん坊で、いい子。そして家族想《おも》い。

アメリアは、俺達を本気で仲良くさせようとしている。俺だって、ひょんなことからこうなってしまったけど、仲良くしたいとは思っている。

俺は……ヴィオレットやアメリアのおかげで、こうして穏やかに過ごせている。

「そうだ。ここを抜ければ、人気《ひとけ》の少ない路地に出るんだ。そこに行こう」

恥ずかしがり屋なヴィオレットのことを考えて、俺は静かな場所に行くことを提案する。今は、頑張って動かないようにしているが、抱えている俺には伝わっている。体温が上昇しているのを。

「う、うん」

俺が、ミュレットのことで絶望していたのを優しく包み込むように癒やしてくれたのはヴィオレット。

思い出したんだ。

俺が闇の炎に突っ込み、眠りに落ちる時に聞いた優しい声。

あれは、ヴィオレットの声だった。

そのことをヴィオレット本人に確認したから間違いない。

「ここだ」

「……本当だ。薄暗いし、静かな場所」

俺達が辿《たど》り着《つ》いたのは、日差しがあまり届かないような裏路地。

坂になっていて、上った先には中央に木が一本立っているだけの静かな広場がある。今の時間帯なら、人はいないはず。ベンチもあるので、そこでゆっくり話でもするかな。

「あ、お人形さん。可愛い」

「だろ？」

熊のぬいぐるみを抱えた女の子が通りかかる。

ミニサイズのヴィオレットを見て目を輝かせていた。

「そ、そんなに可愛いの？」

会う人、会う人に可愛いと言われることにヴィオレットは戸惑いを覚えているようだ。

「そりゃ、もちろん」

「そう、なんだ」

上からじゃ表情は見えないが、どこか嬉しそうな雰囲気を感じた。

「着いた」

ゆっくりゆっくりと坂を上り、辿り着いたのはしばらくぶりの広場。

いつ来ても変わらない静かな場所。

どうやら他に人はいないみたいだな。

俺は、すぐベンチへ近づき腰を下ろす。

「……いい天気。心地よい風だ」

ヴィオレットを膝に置き、俺は雲が流れる青空を見上げる。

「……」

「……」

……なにを話したらいいか思いつかない。

自己紹介はした。好きなもの、嫌いなもの、興味あるものなど。大体自宅で話した。となれば、次に話すべきことは……な、なんだろう？

ヴィオレットは闇の炎の化身だが、普通の人と特に変わりはなかった。好きなものもあれば、嫌いなものもある。

男となら結構話せるんだけどな……父さんの経営している酒場で、酔っぱらったおっさん達とよく話してるし。女性客もいないわけじゃないが、こっちは一方的に話を聞く側。

ミュレットのように付き合いが長い相手ならではの会話もできない。

相手は、物静かで、恥ずかしがり屋な女性。そして、俺の妻。夫婦の会話か……父さんと母さんの会話は参考にならない。

タイプが違うからな。父さんは、見た目から俺について来い！　的なことを言いそうな男が惚《ほ》れそうな男に見えるが、実はそうじゃない。

意外と消極的で、特に母さんには敵わない。小さい頃から見てきた息子の俺が言うんだから、間違いない。父さんは、母さんの尻に敷かれている。

ヴィオレットは、母さんのようなタイプじゃない。

むしろ真逆。そして、父さんより消極的かもしれない。本当に物静かな人だ。だが、これから一緒に生活していくんだから。

「ヴィオレット」

意を決し、話しかけようとすると……ぎゅっと抱えている俺の指を小さな手で握り締めてくる。

「このまま」

「このまま？」

それは、このままで良いってことなんだろうか？

（……そうか。なにも話すだけが対話じゃないよな。人によって違うんだ）

俺は口を閉じ、ヴィオレットを抱える手に力を入れる。

「……温かい」

と、ヴィオレットが小さく呟く。

それからは、ただただ静かに時間が過ぎていく。耳に届くのは、風と木々が揺れる音。

「ん？」

どうやら、もうひとつ追加されたようだ。いつの間にか眠ってしまったヴィオレット。すーすーと寝息をたてていた。

……はは。これは全然夫婦らしくないな。

でもまあ、今はこんな感じでいいか。焦る必要なんてない。それに今のままでも十分幸せと感じる。

俺達の夫婦生活はこれからだ。

第三話　王都へ家族旅行

「温かいねぇ」

アメリアは、俺にくっつくのが好きなようで、一日に必ず一回は接触してくる。

今日は、いつものように膝の上に乗る接触方法。だが、いつもと少し違うところがある。それは、アメリアがヴィオレットを抱えているというところ。

一度やってみたかったとアメリアが言うのでやることにした。

「仲いいなぁ、お前ら」

「ん？　珍しいな。父さんが来るなんて」

「いいだろ？　たまには。それに疲れてるから可愛《かわい》い孫を見て癒やされたいんだ。それより、手紙届いたぞ。……ミュレットちゃんからだ」

ミュレットの名前に、俺はぴくっと眉を動かす。

父さんは、どこか渡したくないような表情で、こちらに差し出してくる。

「どうする？」

「……読むよ」

俺は、父さんから手紙を受け取る。

「……」

父さんは、そのまま去っていった。

さっそく手紙を開封し、目を通す。こんなにも早いペースで手紙が届くなんて思わなかった。だから、どんなこと内容が書かれているのか……。

「どんなこと書かれてたの？　パパ」

「要点だけを言うと……王都に遊びに来ないか、だそうだ」

どうやら救済の旅にそろそろ出るらしい。

……そこで、旅に出る前に会いたいと。

「ふーん。わざわざ王都に呼び出すなんて、気の利く幼馴染《おさななじみ》さんだね」

ミュレットはまだ知らないんだ。俺が、密《ひそ》かに王都に行ったことを。

「……行くの？」

心配そうにヴィオレットが聞いてくる。

何も知らないミュレットは、おそらく一度も王都に行ったことがない俺に王都を見せたいのだろう。まあ、あの時は観光って感じじゃなかったからな。

それに、ショックが大き過ぎて目に入ったものがすっぽり記憶から抜けてしまっている。

本当なら、ミュレットとはあんまり会いたくはない。会って何を話せばいいか。それに……。

「パパ。紹介したい人が居るって書いてあるけど」

「……まあ、勇者のことだろうな」

俺が読み終わった手紙をアメリアとヴィオレットが読んでいた。

手紙の内容は、ただ王都に来ないかだけではなく、その時に紹介したい人が居るとも書いてあったのだ。詳細は伏せられてはいるが、予想はつく。

もしかしたら、勇者だけはなく、他のメンバーも紹介されるかもしれないが。だったら、紹介したい人達《たち》と書くはず。

だから、ミュレットが紹介したいのは一人。

「よし、行くか王都」

「いいの？」

「ああ。つらい思い出がある場所だけど。この大陸で一番栄えている都市だからな。二人も行ってみないか？」

「それって……あの、家族旅行？」

ヴィオレットの言葉に、俺は頷《うなず》く。

すると、アメリアはぱあっと笑顔を作る。

「家族旅行!!　行こう、パパ!!」

「うん。それじゃあ、さっそく準備しないとな」

それからの行動は早かった。前回と違って王都へは旅行に行く。そのために色々と準備を整え、出発の朝を迎えた。

「本当に大丈夫か？　やっぱ護衛をつけた方が」

本来なら、ギルドなどに金を払って依頼するのだが……。

「心配いらないって。それに初めての家族旅行なんだ」

今回は、馬車も、護衛もなし。馬一頭だけ。

それに荷物を積み、王都まで行くことになっている。ちなみに俺が乗ることになったのは、街一番の足が速い馬。馬力が半端ないのだ。

「そりゃあ、そうだが」

「タッカル。大丈夫よ。ヤミノは、あたしが戦い方を叩《たた》き込《こ》んだ子よ？　心配いらないわ」

「……そうだな。ヤミノ。楽しんでこい」

「うん」

俺は、先にアメリアを馬に乗せた後、続いて跨《また》がる。

「いってきまーす！」

「いってらっしゃい、アメリアちゃん。楽しんできなさい」

「土産《みやげ》、頼んだぞ」

父さんと母さんに見送られ、俺は馬を走らせる。

「楽しみだね、パパ」

「そうだな。ヴィオレットはどうだ？」

アメリアに抱えられているヴィオレットに問いかけると、静かに頷いた。

「そうか。よーし！　行こう！　王都に!!」

「おー！」

俺が住んでいる街は、割と王都に近い。

なので、何事もなければ予定より早く到着できるかもしれない。馬車を使って数日だからな。早馬なら、もっと早いだろう。

「お、おー」

「初めての遠出だね」

「アメリアは、外に出るのも久しぶりだよな。ごめんな」

馬を走らせながら、俺達は他愛《たわい》のない会話をする。

アメリアは、ずっと外に出ることができなかった。本当は、もっと自由にさせたいんだが。

「大丈夫だよ。それに、王都から帰ったら自由になれるんだよね？」

「もちろん。父さんや母さんも、手伝ってくれるからな」

薄々、俺とミュレットの関係に気づき始めている。

それにいつまでも隠し通せるものでもない。

王都で、ミュレットに紹介される相手が勇者で。その関係性が、恋人、というものだったら。

(俺は、すでに新たな人生に傾いている。いや、進んでいるか)

なんだかんだで妻と娘ができてしまったが、今となっては二人とも仲良くなった。

「あ、そうだ。知ってる？　パパ」

「ん？　なにをだ？」

「実は、わたし達闇の炎には各々に特殊能力があるんだよ？」

特殊能力？　それは、炎の弓矢のことじゃないのか？

「えい」

「お？」

アメリアは、くるっと空中に円を描く。

すると、紫炎の円が出現した。

「ママとわたしの特殊能力は……空間操作」

そして、円の中に手を突っ込む。

「じゃーん。おやつの甘い菓子パンだよ」

円の中から取り出したのは、アメリアお気に入りの甘い菓子パン。

というか。

「今、アメリアが力を使ったのか？」

「そうだよ。わたしは、ヴィオレットママの娘だもん。同じ力を持っているのは当たり前。当然パパも使えるからね。あ、ちなみに空間転移もできるよ。王都にだって一瞬なんだから」

「……マジすか」

「えへへ、マジ」

「マ、マジ」

マジか……そんな凄《すご》い能力があったなんて。え？　じゃあ、馬で移動しなくても。

一瞬だけ考えたが、すぐに改める。

「まあ、このまま馬で行くか」

「だよね。せっかくの家族旅行だもん」

そう。アメリアの言う通りだ。一瞬で王都へ行って楽しむというのもありと言えば、ありだけど。目的地に向かっている、という感覚を楽しむのも旅行といった感じで、気分が高揚する。

「ご、ごめんね。秘密にしてたわけじゃないの」

「気にしてないって。よっし！　気を取り直して！　王都へ!!」

なんか、一気にアメリアが可愛いだけじゃない娘《こ》だって実感した瞬間だった。

てことは、他の闇の炎も、そういう特殊能力持ちってことか？　いったいどんな能力なんだろうか……？　そんなことを考えながら、俺は馬を走らせるのだった。


そして、リオントを出て一日が経《た》った。

こうして、遠出するのは久しぶりだったが、ヴィオレットとアメリアが居るおかげで楽しいものとなっている。

「この調子なら、王都もすぐだな」

「野宿楽しかったね、ママ」

「うん。いつも一人だったから、楽しかった」

「そういえば、ヴィオレットはずっと草木のない大地で……」

「ほとんど寝ていた状態、だったけど……それでも、ずっと一人は寂しかった」

だよな。俺が、いや父さん達が……それ以上前からずっとあり続けていた。時折、崇《あが》める者達や研究する者達が訪れたりはしただろうけど、基本はあの何もない大地でずっと一人。

俺が住んでいる街ができたのは、百五十年ほど前。

闇の炎は、あまり人が寄り付かないような場所にもあるが、ヴィオレットのように誰でも近づける場所で燃え続けている闇の炎も存在する。

「えっと、今更なんだけどさ。ヴィオレット」

「なに？」

「あの日……俺が変なテンションで突っ込んできたの、覚えてる、か？」

「……うん」

「正直、どうだった？」

あの時の俺は、本当にテンションがおかしかったと自分でも思っている。思い出しただけで、馬鹿じゃねぇの？　と思ってしまうほどに。

炎に抱いてもらう。

言葉にすればめちゃくちゃおかしい。だが、闇の炎の正体がまさかこんな美人だったとは。そんな美人に抱いてなんて……。

「……」

「……」

うっ、沈黙はきつい。俺がヴィオレットだったら、なんだ!?　あの変態は!?　ってドン引きしている。

「情熱的、だと思った」

「え？　そ、そうか？」

「そして、わたしが生まれたんだよねー」

アメリアは、俺とヴィオレットが一体化することで生まれた子供。

なにか使命があったようだが、思い出せないようなのだ。けど、闇の炎を扱える者。つまり俺が現れたのは、その使命を果たす時が来たということ。それは確かなんだそうだ。

「寝起き、だったからびっくりしたけど」

「あはは。確かに、寝起きであんなことを言われたらな」

しかもパンツ一丁で。

本当……どうかしていたって思うよ。精神的に参っていたとはいえ、なんだったんだろうな、あの時の俺は。

「あっ！　パパ、ママ。前に魔物が居るよ」

平原を駆けていると、前方に灰毛の獣が群れを成してこちらに向かってくるのが見えた。あれは、確か集団で敵を襲う魔物。

名前は、ウィードルウルフ。主に平原や草原などを縄張りにする。

数はざっと十五ってところか。

「よし、一度馬を止めて」

「パパ」

「アメリア？」

「そのまま。任せて」

アメリアが手を振り上げると、俺達の周囲に、紫炎の矢が十五本出現する。しかも、一本一本の目の前に、同じく炎の円がある。

「いけ！」

手を振り下ろすと、十五本の矢は円へと入っていく。

そして。

「おおっ」

一気にウィードルウルフの近くに現れ、一体一体へ的確に矢が命中した。

「凄いな、アメリア」

「えへへ。パパもこういうことできるんだよ？」

アメリアのおかげで止まることなく、駆けることができた。

空間操作の力を使えば、あんなこともできるのか。ただでさえ遠距離から攻撃できる矢が、空間を飛び越えてくるんだからな。

相手からしたら、何が起こったのかわからないまま殺されるようなものだ。

「また魔物が出たらわたしに任せて。さあ、一気に王都に行こうー！」

「任せたぞ、娘！」

「任されたー！」

道中は、アメリアのおかげで止まることなく進むことができた。

「よしよし。頑張ったね、お馬さん」

とはいえ、馬の体力も無尽蔵じゃない。途中入った森の中に水辺があったので、一時そこで休憩を取ることにした。

「はむ……」

今のヴィオレットのサイズだと、俺にとって小さい食べ物でも大きく感じるだろう。それを必死にもぐもぐと食べている姿は、さながら小動物のようだ。

ついつい見てしまう。

食べているのは、はちみつたっぷりの丸い菓子パンを千切ったもの。子供でも一口で食べられるものをヴィオレットは、小さな口で普通のパンのように食べている。

「ヴィオレット。今、どれくらい回復しているんだ？」

「順調、だけど。私、他の炎達と比べて燃費が悪い、から。力の制御も、下手《へた》で……」

確かに、空間を操るなんてとんでもない能力が少しの力で扱えるはずがない。それに、力の制御も相当エネルギーを要するだろう。

「でも、ヤミノのおかげで私も少しは成長できた、と思う」

「それはよかった。ほら、もっと食べるか？」

食べていた分がなくなったヴィオレットに、俺は自分の分を千切り渡す。

「うん。ありがとう」

ヴィオレットは、快く受け取り舵《かじ》り始める。

休憩を終え、また馬を走らせる。

途中、王都から来たという荷馬車と遭遇し、今王都がどんな様子なのかを聞いた。

「お祭りやるんだね」

ついに勇者一行が、救済の旅に出る。それを祝って、王都では大々的に祭りが開かれるそうだ。

祭りは、二日間続くという。

「今からだと、俺達が参加できるのは初日の途中からだな」

「美味《おい》しいものたくさんあるかなぁ」

「美味しいもの……」

結局、俺も王都では何も食べなかったからな。一緒に行った知り合いの商人から王都の食べ物を貰《もら》ったけど食べていない。

あの時の俺は、精神的に参っていたからな。

けど、今回は思いっきり堪能する。そのために王都に行くことを決めたんだから。


「見えた」

「わあ！　あそこが王都なんだね、パパ」

「まだ距離あるけど、大きい……」

時刻は昼頃だろうか。

さんさんと輝く太陽が高い位置に来ており、腹が空《す》いてきた。年甲斐《としがい》もなく、門に入るのを今か今かと楽しみでしょうがない。

遠目からでも賑《にぎ》わっているのはわかる。俺達がこれから入る北門では、多くの人々が列を成している。いや、北門だけじゃない。各門でも列ができているようだ。

「入るだけで、大変そうだね」

「普段から色々とチェックして入ることになっているからな。それに加えて、今回は勇者一行のための祭り。普段以上に人の通りが多いんだろう」

チェックも普段より厳重なんだろう。

さて、問題はアメリアだな。

さすがに俺の娘では、無理があるだろう。

「アメリア。悪いけど」

俺は、アメリアにある提案をした。

「うん。わかった」

嘘《うそ》をつくことになってしまうが、今回は仕方ない。

「――よし。問題なく通れたな」

アメリアの素性は義理の妹ということで通した。

北門に配置されていた兵士の一人が、以前母さんが冒険者をやっていた時に知り合った人で、あまり深い事情は聞かずに納得してくれた。

それに、前回王都へ来た時も顔を合わせたからな。

「やったね、お義兄ちゃん」

「ははは。アメリアにそう言われると違和感あるな」

「でも、ここに居る間はこう呼ばないといけないんだよね？」

そういうことで通しているからな。さすがに、俺ぐらいの青年にアメリアのような子がパパなんて呼んでたら絶対皆びっくりする。

騙《だま》しているようで悪いが、義理の妹っていう設定が一番しっくりくるのだ。

「ママは、わたしが抱きかかえてるね」

「ああ、頼んだ」

そして、次はヴィオレット。俺の中に居ても外の様子は見られるようだが、今回の目的は家族旅行。黙っていればどこからどう見ても可愛らしい人形。

ということでアメリアに抱きかかえられたままで王都を楽しむことにした。

「さて」

これからどうするか。先に祭りを楽しむか……それとも。

「お義兄ちゃん。先に早く終わる用を済ませた方がいいと思う」

「……だな」

考えるまでもなかった。俺はアメリアの手をぎゅっと握り締め、早く終わる用を済ませるため歩を進める。

移動している間も、その賑わいはひしひしと伝わってきた。

楽しそうな人々の声。

美味しそうな食べ物の匂い。

以前来た王都と比べても、賑わい方は桁違いだ。

「皆、楽しそうだね」

「祭りだからな。明日の夜には、王城で勇者達全員が集まるパーティーがあるって話だ」

しかし、そのパーティーは誰でも参加できるわけじゃない。王族、貴族、招待を受けた者達しか参加できない。

他の者達は、今みたいに街中で騒ぐか。翌日の勇者一行の出発を待つか。

「……見つけた」

人々が祭りで楽しい一時を過ごしている中。俺は、目的を果たすためにとある場所へと真っすぐ向かっていた。

そこは、噴水公園。

前に来た時は、まばらに人が居たけど、今日は違う。見渡せば、人、人、人。その中で一際目立つ二人を見つけ、ゆっくりと近づいていく。

「久しぶり、ミュレット」

「ヤミノ！　久しぶり。数か月ぶりだね」

今や世界が注目する救世主の一人。

聖なる光で皆を癒やす者……聖女ミュレット。

（数か月ぶり、か）

当たり前と言えば当たり前だよな。あの時は、互いに王都に居たけど、会っていない。ミュレットにはとっては、本当に数か月ぶりになる。

「ヤミノ。この人が、手紙に書いていた紹介したい人だよ」

「やあ、初めまして。君が噂《うわさ》に聞くヤミノくんだね？　ミュレットから、話は聞いてるよ。天宮《あまみや》将《しょう》太《た》だ。世間的には勇者ってことになってる」

ミュレットの隣に居る黒髪の少年。

爽やかな笑顔は、全ての女性を魅了しそうなほど輝いていた。勇者将太の住む世界。そこの日本という国では黒髪の人がほとんどらしく、珍しくはないそうだ。

「初めまして。こうして勇者様に、お会いできるなんて光栄です」

あくまで初めて出会った、という感じで俺は挨拶をした。

「そんなに畏《かしこ》まらないでくれ。勇者と言っても、同じ人だ。できれば友人のように接してくれると嬉《うれ》しい」

「そんな恐れ多い。ですが、勇者様がそうおっしゃるのであれば……善処します」

「ははは。ところで、ずっと気になっていたんだ。隣の女の子は？」

「私も気になってたの。ヤミノ、誰？　その子」

一通りの挨拶が終わると、二人はアメリアに興味を示す。

「実は、母さんの友人の子なんだ。突然急死しちゃって。他に親族もいないから、引き取ってくれるところがない。孤児院も考えたみたいだけど……母さんが、引き取ったんだ。この子も、孤児院に行くより母さんと一緒の方がいいって聞かなかったみたいで」

「私が王都に居る間、そんなことが……」

もちろん作り話だ。まさか、目の前に居る人形が、あの闇の炎で、それを抱えている子が娘だなんて信じられないだろうな。

ちなみに、さっきの作り話はもしものためにと母さんが用意したもののひとつだ。

他にも、生き別れの妹の子というのもあったけど。

「悪い。この子も、新しい環境に慣れていなかったから。でも、今は……ほら、挨拶を」

「アメリアだよ。ヤミノお義兄ちゃんから、いっぱいお姉ちゃんのことは聞いてるよ。よろしくね」

「うん。よろしくね、アメリアちゃん」

特に問題なくミュレットとアメリアは挨拶を交わす。

「アメリアちゃんって言うんだね。僕は天宮将太。よろしくね」

「……うん。よろしく」

ん？　なんだか一瞬空気が重くなったような気がしたけど。気のせいか？

「二人で来たってことは、祭りも二人で楽しむってこと？」

「そのつもりだ。父さん達も、王都に行くならアメリアも連れていって思いっきり楽しんでこいって。たっぷり軍資金もくれたよ。というか、祭りがあるならあるって手紙に書いてくれたらよかったのに」

「ごめんね。手紙を出した後で、書き忘れたのを思い出したの」

「まあ、別にいいけど。それじゃ、俺達は行くよ」

「うん。兄妹《きょうだい》仲良く楽しんでいってね。あ、そうだ。ヤミノ、これ」

「これは……」

ミュレットが渡してきたのは、一通の手紙。

「明日に開かれるパーティーの招待状。王都に来たら渡そうって思ってたの」

「いいのか？」

「もちろん。だってヤミノは、私の幼馴染でしょ？」

「……そっか。ありがとう。そうだ、アメリアも行っていいか？」

「もちろんだよ。僕の方から、王城には伝えておくよ」

「ありがとうございます」

その後。嘘塗《うそまみ》れの会話を終えて、俺達は別れた。

◇◇◇◇

「元気そうでよかった。それにしても、あんな可愛い義理の妹ができていただなんて思わなかった」

「……」

ヤミノとの再会を果たした後、勇者将太と聖女ミュレットは王城へ向かって歩いていた。

ミュレットにとっては、数か月ぶりに幼馴染に会えた。

元気そうでよかったと、笑顔で話すも将太はなにも反応を示さない。気になったミュレットは、話すのをやめて将太を見る。

「将太様？」

震えているように見える。しかし、神々から選ばれた勇敢なる光の戦士が何に怯《おび》えているのか？

（なんだったんだ？　さっきの妙な悪寒は。一瞬……ほんの一瞬だったが、息が止まるほどの殺気を感じた）

眉を顰《ひそ》め、先ほどのことを思い出す将太。

途中まで何も感じなかった。

ヤミノと話していた時は何も。

（そうだ。あの時……ヤミノの義理の妹。アメリアと目が合った時だ。……いや、ありえない。勇者である僕があんな子供に？）

ただの人形を抱きかかえた可愛らしい子供だったじゃないかと将太は小さく笑む。

（そういえば、アメリアが抱えていたあの人形からも妙な気配を感じたような……まるで生きてい

るような作りをした奇妙な人形だったな)

「将太様。体調が悪いようでしたら、どこかで休憩をなさいますか?」

「いや、大丈夫だよ。ミュレット」

気のせいだ。勇者である自分に怖いものなどないのだ。

将太は、ふうっと一呼吸入れてからミュレットに微笑《ほほえ》む。

「そういえば、言わなくてよかったのかい? 僕達が付き合っているってことを」

「言おうと思ったのですが。どうせなら明日のパーティーで言おうかと思いまして」

「それはいい。彼はきっと驚くだろうね」

「ふふ。ヤミノならきっと祝福してくれますよ」

今は、自分達を祝福してくれているこの祭りを楽しもう。

将太は、ミュレットの手を握り締め、人混みの中へ消えていった。

(ヤミノくんには悪いが、幼馴染は僕が貰ったよ)

◆◆◆◆

「えっと、本当にやるのか? アメリア」

「もちろん!」

「うぅ……は、恥ずかしい」

さっそく祭りを楽しむために、色んなところへ訪れていた。

最初は、普通に気になった食べ物を一緒に食べたり、珍しいものを手に取って楽しんでいたりしていたのだが……アメリアが、突然俺達にやってほしいことがあると一人で、とある店に突撃していった。ヴィオレットを、俺に預けて。

そして、帰ってきたアメリアが持っているものを見て、何をしてほしいのかすぐ理解した。

「こういうのも夫婦らしいよね」

「いや、これは夫婦というよりも恋人がやることなんじゃ」

テーブルの上に置かれているのは、桃色のジュースが入っている大きめのコップ。

その中央には……ハート形のストロー。それもダブル。

つまり、これは二人でひとつの飲み物を飲むというもの。

こういうことは恋人同士の間で流行《はや》っているそうだけど。まさか自分がやることになろうとは。

まあ、俺達は恋人をすっ飛ばして夫婦になってしまったんだが。

「どっちにしても仲睦《むつ》まじい間柄なのは間違いないよね？」

「……えっと、じゃあ」

わざわざ人気《ひとけ》のないところを選び、例の空間を操る力でいつ用意したのか真っ白な丸いテーブルをセッティング。

まさかとは思うが、前々から計画していた？　アメリアは頭も良い。よく読んでいる本も大人が読んでいそうな文字びっしりのものばかりだからな。

「……あむ」

俺が先にストローを口に含むと、ヴィオレットも恥ずかしがりながらも両手でストローを掴《つか》み、大きく口を開けてそれを口に含んだ。

「んぐ」

「チュー……」

透明なストローだったが、桃色のジュースにより一気に染まった。

「こ、これでいいか？」

さすがの俺も恥ずかしくなって顔が熱くなる。

ヴィオレットに限っては、今までにない恥ずかしさだったのか。身を丸くして完全に顔を見せない状態になっている。

まあ一人だけめちゃくちゃ笑顔な子が居るんだが。

「じゃあ、次はわたしとね。パパ！」

娘は、そう言って妻とは違う飲み物を取り出した。

「あはは、娘ともか」

なんだかいつもよりアメリアのテンションが高いようにも感じる。でもまあ、それだけ楽しんでいるって証拠だよな。

初日は、ざっと祭りの雰囲気を楽しむように王都を探索して終わった。

祭りということもあり、前回訪れた時よりも圧倒的に人が多かった。そのため、ヴィオレットが

人に酔ってしまったというか、少々体調を崩してしまった。

無理もない。ずっと誰とも関わらずに生きていたんだから。

俺も配慮が足りなかった。そのことを謝ったが、楽しかったから大丈夫と笑顔で返してくれた。

二日目は、少々人気の少ない場所へ向かった。そこで、なにやら雰囲気の良い店を見つけた。どうやら、ぬいぐるみやクッションなどを主に売っているようだ。客層を見る限り、やはり女子に大人気といったところ。

「あっ」

商品を見ていると、とある巨大な薄紫色のクッションを発見し、ヴィオレットが声を漏らす。しかし、すぐに口を噤《つぐ》み人形のふりをする。

「お？　凄いな、このクッション」

「ふかふかだねぇ」

触れてみると、想像以上のふかふか具合で、ずっと触っていられそうだ。

「……」

アメリアも、まるで人形の腕を動かしているかのようにヴィオレットにクッションを触らせているが……表情を見る限り相当気に入ったようだ。

「よし」

俺は、自分の上半身ほどはあろう大きさのクッションを手に持ち、店員のところの方へと向かった。

「いらっしゃいませ」

「え？　え？」

ヴィオレットが呆気《あっけ》に取られている中、俺は早々にクッションを購入した。その後、先に店を出ていた二人のところへ向かい、さっそくクッションを差し出す。

「これ、もしかして」

そうじゃないかもしれない。でも、そうかもしれないといった自信がなさげな表情のヴィオレットに、俺は気恥ずかしい気持ちのまま笑顔でこう答えた。

「まあ、なんていうか。夫から妻への初めてのプレゼント、てことで。ど、どうかな？」

「……」

自分で言っていて恥ずかしい発言だ。前の俺だったら、こんな行動も、発言もできていただろうか？

「ふふ。よかったね、ママ」

「むにゅう……」

「あっ、恥ずかしがっちゃったね」

「まあ、気持ちは、わかる」

アメリアに抱き着くような形で顔を隠してしまうヴィオレットの姿を見て、俺も更に照れくさくなってしまい、体温が上がっていくのだった。

俺達の王都探索は続く。

やはり大陸一の都市と呼ばれるところだけあって、歩き回るだけで目新しい場所に辿《たど》り着《つ》き、こんなところが……と思わず声が漏れる。

加えて、今は祭りの最中だ。普段以上に、広く感じてしまうことだろう。

「ここからだと王都をよく見渡せるな」

王都全域を見るなら、一番高い位置にある王城からだろうけど……普段は、そんなところに行けるはずもない。俺達が今いるところは一般人でも景色を見渡せる場所のようで、休憩できるようにベンチなども設置されている。

「んー！　風が気持ちいいな」

さっきまで人ごみの中を歩いていたので、解放感につい背を伸ばしてしまう。

「大丈夫か？　ヴィオレット」

「うん。今日は、大丈夫だよ」

先ほど移動中に買ったふわっとした白い生地に甘い甘いチョコが入った食べ物を、アメリアに小さく千切ってもらい一生懸命食べながら、答えるヴィオレット。今は、人気もないので思いっきり食べている。そんな姿を見てくすっと笑みが零《こぼ》れる。

「さて、次はどこに行こうかな」

「ふふ。楽しそうだね、パパ」

「もちろんだ」

あの時は、王都を純粋に楽しむなんて余裕はなかったからな。

「あ、ママ。これとか美味しそうだよ」

「はむはむはむ……」

ヴィオレットとアメリアは、パンフレットを見ながら次に行く店を決めている。俺も見たけど、世界中から色んな店が集まっているため、かなりどこに行くか迷ってしまう。あ、そうだ。ちゃんと母さん達への土産も忘れずに買っておかないと。そのために、それなりの軍資金を持ってきたからな。

「パパ！　次はこのお店に行こうよ！　ほら、早く早く！」

「はは。わかったわかった。あんまり急ぐと転ぶぞ」

◇◇◇◇

「あーあ。今頃は、王城では盛大なパーティーをやってるんだよなぁ……」

「ああ。勇者様達の旅立ちを祝っての祭り。その明日だからな。もっともっと賑わうだろう」

「そんな時に、俺達は国境の警備……ま、どっちにしろ参加できないんだがな。俺みたいな一般兵じゃ」

「だったら、ぐだぐだ言うな。国境の警備は名誉な仕事なんだぞ？」

国境では、今まで以上に警備が厳重となっている。

ただでさえ最近、世界の脅威とされた鋼鉄の獣の出現により緊迫感が増している。そんな時に、王都で盛大な祭りが開かれているのだ。

それにより多くの者達が、集まる。王族から貴族、各地で名を馳《は》せた商人達。その中には、素性を隠して国境を越えようとする者達も居る。

「そうは言うけど。俺だって、もっと祭りを楽しみてぇよ」

「馬鹿者が。お前も国を守る兵士の一人なら……」

「まあまあ、そう言いなさんなって」

兵士達が会話をしていると、一人の男が静かに呟《つぶや》く。

「ロブさん……」

身の丈以上の大剣を背負い、全身を赤い鎧《よろい》で覆う巨漢。

王都に仕える兵士達を束ねる長《おさ》がロブ。

いつも赤い鎧を身に纏《まと》い、その巨漢から振るわれる大剣で、何をも薙《な》ぎ倒《たお》すことから赤き巨兵と言われている。

彼の下で訓練された兵士達は、どんな脅威にも屈せず挑む戦士となる。

兵士達は思う。いつ見ても、大きくて頼りになる背中だと。多くの兵士達は、彼のその漢《おとこ》らしさに惚《ほ》れ、どんな厳しい訓練にも堪えてきた。

「ロブさんだって、祭り大好きですよね？」

不真面目《ふまじめ》な兵士が問いかけると。

「おうとも！　皆で大騒ぎして飲む酒は最高だ!!」

かっかっかっか、と豪快に笑う。が、すぐに真面目な表情になり夜空を見上げた。

「だがよ。こうして、国のために働くのも俺にとっては最高の時間なんだ……。お前達と、共に働くこの時間がな!!」

「ロブさん……！　か、感動しました！　俺、一生ついていきます!!」

「はっはっは!!　おうよ。俺が生きている限り、お前らを立派な兵士に育ててやるよ！」

他の兵士達も、ロブの漢らしさに咆哮《ほうこう》する。

士気を高めたことで、先ほどまでの少し沈んだ空気もなくなった。

ロブは、これでよしと頷き、夜空に浮かぶ月を見上げる。

「ん？　なんだ……？」

「どうかしましたか？　ロブさん」

兵士達は、夜空を見上げたロブの反応に首を傾《かし》げる。

「鳥？　にしてはでかい……」

「鳥？　……本当ですね。一体だけじゃない。軽く十はいますね」

兵士達も釣られて夜空を見上げる。そこで見たのは、遠目からでもわかるほど大きな鳥の群れ。

徐々に、徐々にだが……近づいている。

「まさかあいつは!?」

すぐに危機を察知し、背中の大剣に手をかける。

「まさか、空からとはな!!」

◆◆◆◆

「むにゅう……」

「ママは、そのクッションが相当気に入ったんだね。やっぱり、パパからのプレゼントだからかな？」

楽しい時間はあっという間に過ぎる。

王都にやってきて、もう二日目の夜になった。

俺達は、とある宿屋の一室に泊まっている。一番安いところを選んだけど、さすがは王都といったところか。安さなど感じないほど広く綺麗《きれい》な部屋で、正直驚いている。

「さて、そろそろ時間だな。ミュレットから送られてきた服に着替えないと」

祭りの明日の夜。

王城では、招待を受けた者達しか参加できない特別なパーティーが開かれる。それに、俺達も招待された。

パーティーには、正装で参加することが決まっているため、ミュレットから正装が送られてきた。もちろんアメリアにもだ。どうやら勇者将太が、本当に気を利かせて王城に言ってくれたようだ。

「ママは、これね！」

「わ、私はいいよ」

ヴィオレットは、他の者達には人形ということで通っている。

だが、アメリアが「ママもちゃんと綺麗にしないと！」と、頑《かたく》なに言うので、人形用だが、買っておいたのだ。

紫色のドレス。が、ヴィオレット本人は、恥ずかしがってクッションに顔を埋《うず》めて拒否する。

「えー？　パパも見たいよね。ママのドレス姿」

「ん？　ああ、見たいな」

「え？　ほ、本当？」

俺の言葉に、クッションから顔を上げる。

「本当だ」

できるなら、元の姿でのドレス姿も見たいけど。今はまだ無理だろう。

「……じゃ、じゃあ着る」

「わあ！　さすがパパ。それじゃ、髪の毛も整えないとね。ママ」

本当に嬉しそうに櫛《くし》とドレスを持ってヴィオレットの身支度をするアメリア。

その間に、着替え終わった俺は、窓から夜空を見上げる。

「今日は、満月か」

勇者の旅立ち前夜と考えれば、良い夜ってところか。

「準備できたよ、パパ」

「うん、二人とも凄く綺麗だ」

「えへへ」

「き、綺麗……むにゅう……」

しばらくして、二人の身支度は済んだ。アメリアは純白のドレスを身に纏っており、少し大人っぽく感じた。

第四話　聖女の幼馴染《おさななじみ》と新たな決意

「まさか、馬車で移動することになるなんて」

「特別待遇ってことだね」

宿屋を出ると、いかにも上流階級が乗りそうな馬車が待っていた。

何かの間違いかと思ったが、これも勇者の計らいらしい。

「……街はまだお祭り騒ぎだな」

窓から外の景色を見ると、明日だからなのか。夜だというのに、賑《にぎ》わっている。

「王城のパーティーかぁ。行くのはいいけど、パーティー作法なんて全然知らないから、緊張するな」

「緊張することないと思うよ。そのまま自然体でいいんだよ」

そうなんだが……招待状にも、勇者将太《しょうた》の計らいで作法など気にせずにパーティーを楽しんでくれとのこと。

これは、俺だけに書かれたものなのか。それとも、他の招待客もそうなのか。

とりあえず、王城のパーティー会場に行けばわかることだ。

「街中からも見えていたけど、こうして近くで見るとやっぱり大きいな」

馬車で移動すること数分。

到着したのは、王都で一番高い位置にある建物。そこへは、強固で大きな門を通らなければならない。それだけじゃない。

そこへ行くのにも、屈強な兵士達《たち》の検問を受けなくちゃならない。

馬車は一度そこで止まり、検問を受ける。そして、招待状を見せ本物だと確認が取れたら門が開き、中へ入ることができるのだ。

「到着致しました。ヤミノ様、アメリア様」

馬車から降りて、再び王城を見上げる。俺達の他にも次々に招待された人達が入っていく。誰も彼も、煌《きら》びやかな服を着ており、高そうなアクセサリーを身につけた人が多く見受けられる。

こうして見ると、身分が高そうな人達ばかりだな。

「ようこそいらっしゃいました。あなたが、聖女ミュレット様の幼馴染のヤミノ様でございますね？　そして、その義妹アメリア様。お待ちしておりました」

王城の入り口へ差しかかると、燕尾服《えんびふく》に身を包んだ初老の男性が俺達に深々と頭を下げてくる。

すると、周囲に居た人達が思わず足を止め、ざわざわと騒ぎ出す。

「聖女様の？」

「ほう、あの御仁が」

「ミュレット様の幼馴染」

聖女。

神々から選ばれた世界を救う存在。

その幼馴染ともなれば、それは驚かれる。家族の場合ともなれば、特別待遇は確実だろう。勇者達は、存在するだけで王族や貴族と同じか、それ以上の地位を得られる。

そして、もし世界を本当に救ったとなれば永遠にその名は歴史に刻まれるだろう。

神々から選ばれる存在というのは、それだけ凄《すご》いのだ。

(聖女の幼馴染、か)

特に俺が凄いことをしたわけじゃないから、その認識で合ってはいる。

「こちらでございます、ヤミノ様、アメリア様」

初老の男性に案内され、俺はパーティー会場に辿《たど》り着《つ》く。

とても煌びやかだ。天井には、これでもかというほどの高価なガラス細工の灯《あか》りが設置してあり、何百人と入っても有り余る会場内には、数々のテーブル。

その上には、見たことのない豪華な料理がたくさん並べられており、本の世界にでも入ったかのような気持ちになってしまう。

「わあ、豪華だねぇ」

「ああ。想像以上だ」

廊下でさえ、驚くほど豪華だったけど。パーティー会場は別格だ。そもそも、ついこの間まで、ただの冒険者だった俺が王城の中に居ること自体凄いことなんだが。

「こちら、お飲み物です」

「ありがとうございます。ほら、アメリア」

「ありがとう。お義兄ちゃん」

どうやら甘い果実のジュースのようだ。

俺は、アメリアの分も取り手渡す。

「開会の時刻までもうしばらくあります。それまで、ごゆるりと」

案内してくれた男性は、それを最後に去っていく。

そう言われてもな……やっぱり、視線が集まるな。

俺が聖女の幼馴染だってことは大分伝わっているみたいだ。ミュレットもいないみたいだし……

端っこに居るか。

「ねえ、ちょっといい？　そこのあんた」

「え？」

あまり目立たないように、隅っこで時間が来るまで待っていようと移動したところで声をかけられる。

「あんたが、ミュレットの幼馴染のヤミノなのよね」

話しかけてきたのは、薄緑色の長い髪の毛を一本に束ね肩に垂らしている少女。漆黒のドレスを身に纏《まと》い、目つきは鋭い。

確か、この子は……そうだ。似顔絵で見たことがあるぞ。

「そういう君は、確か勇者の」

「ええ。魔法使いのティリンよ。よろしくね」

「あ、ああ。よろしく。あ、こっちは義妹のアメリアだ。いや、です」

「敬語なんていいわ。あたし、そういうの気にしないから。アメリアちゃんだったわね。よろしく。ティリンよ」

「うん、よろしくね」

結構さばさばした感じなんだな。神々に選ばれるほどだから、もっと厳格な感じかと思ったけど。

「さて」

一通りの挨拶を終えたところで、ティリンはなぜか俺のことをじっと見詰めてくる。

な、なんだろう？　まさか、俺が闇の炎を宿しているってことがばれてる？　いや違うか。話の流れ的に聖女の幼馴染がどんな奴かってとこか？　なんだか品定めをされているような雰囲気を感じる。

「……うん」

どうやら終わったようだ。いったい何を確かめていたんだろう？

「まあ、あの男よりはマシね」

「どういう意味だ？」

「あたし、人を見る目は自信あるの。はいこれ。あげるわ」

そう言って何か宝石のようなものを手渡してくる。

彼女の髪の色と同じ薄緑色の宝石だ。

「気に入った相手にだけ渡すものよ。滅多《めった》に渡さないんだから、どう？　嬉《うれ》しいでしょ？」

「あ、ありがとう……？」

「それじゃあね。パーティー楽しんでいきなさい。ヤミノ。アメリアちゃんもね」

ティリンが去った後、俺は手渡された宝石を見詰めた後にアメリアを見る。

「とりあえず、気に入られたってことでいいのかな？」

「たぶんね」

急に宝石をプレゼントされて驚いたけど……悪い子じゃないみたいだな。

それからしばらくして、ティリンに続いて戦士のダルーゴさんが話しかけてきた。見た目通り豪快な人で、身に纏っている正装が全然サイズが合っていないのか、今にも弾《はじ》けそうなほどにパンパンだ。

「ほう。お前が、ミュレットの幼馴染か。なんだ。結構良い体してんじゃねぇか！　はっはっはっは!!」

「いでっ!?　あ、あはは。それはどうも」

「武器は何を使うんだ？　ちなみに俺は戦斧《せんぷ》だ」

「剣や槍《やり》、弓とか、色々ですかね」

「そんなにか？　いったい誰から習った。独学か？」

「母からです。昔、冒険者をしていて」

「ほうほう」

さっさと去っていったティリンと違って、パーティー開始の時間までダルーゴさんは、俺と会話を続けた。

「お？　そろそろ始まるみてぇだな。じゃあな、ヤミノ」

主役の勇者将太が、聖女ミュレットと共に壇上へ現れると、ダルーゴさんは去っていった。どうやら、勇者一行がそこに並ぶことになっていたようで、ティリンが上がり、続いてダルーゴさんが並ぶ。

「皆！　今日は、僕達のために集まってくれてありがとう!!」

注目される中、将太がグラスを片手に叫ぶ。

「僕達は明日、世界を救うために旅立つ!!　必ず脅威を討ち払い、平和を齎《もたら》すことを、ここに誓う!!」

「将太様ー!!」

「ミュレット様ー!!」

「ティリン様ー!!」

「ダルーゴ様ー!!」

さすがの人気といったところか。

静寂から一変し、会場内は、歓声に包まれる。

「このパーティーは、僕が主催したものだ。堅苦しい作法は気にせず、楽しんでほしい！　では、乾杯!!」

こうして、旅立ちを祝してのパーティーは始まった。

各々、勇者一行に一言挨拶をと次々に集まっていく。

俺はというと。

「お、これ美味《おい》しいな。ほら、アメリア」

「あーん。……本当だ。美味しいね。はい、ママも」

「あむ……」

呑気《のんき》に食事を楽しんでいた。なんていうか、あんなきらびやかな人達のところに行くのはちょっと……。

「ママ。次、どれ食べたい？」

「んっと……あの丸いの」

「これだね。はい、あーん」

「あむ……あ、ぐにぐにしてる」

人形ということで通しているので、一人では食べられない。なので、アメリアが隠れてヴィオレットに食べさせている。今の内に、食べられるだけ食べておかなければな。

「よし、二人とも。食べられるだけ食べよう。もしかしたら一生食べられるかどうかの料理だ」

「あむあむあむあむあむ」

「わー、ママったら頬《ほ》っぺたふっくらして、可愛《かわい》いねぇ」

よほど気に入ったのか。皿に載っていた丸いのを口いっぱいにヴィオレットは詰め込んだ。

あ、頬っぺた突《つつ》きたい。

「……」

おっと、危ない。

さすがに、食事中に突くのは失礼か。危うく膨らんだ頬《ほお》を突きそうになるも、寸止めする。そんなことをしている間に、全員の対応が終わったのか将太とミュレットがこっちに向かってきた。

「やあ、楽しんでいるかい？　っと、言うまでもなかったみたいだね」

「ははは。見たことのない料理ばかりで目移りしていたところだよ。な？　アメリア」

「うん。どれも美味しそうで、迷っちゃうよね。お義兄ちゃん」

さすがアメリア。良い演技だ。ヴィオレットはというと、少し頬を膨らませながらも人形に成り切っていた。

「ところで、何か用か？　皆、まだ話し足りなそうな感じだけど」

一通り話したようだが、勇者達は明日旅立ってしまう。

こんなチャンスはもうない。多くの人達が、もっと話したいと思っているようでこっちを……勇者と聖女を見ている。

「ああ。もちろん皆とも話すさ。だけど、君にはちゃんと伝えておいた方がいいと思ってね」

予想はできる。

あの時言わなかったのは、気を利かせてのことか。いや、場所が悪かったからか。

「実はね、ヤミノ。私達」

理想の場所で、タイミングで、それを言うために。

「付き合っているの。まだ他の人には内緒だけど」

……もちろん知っていた。

だから……正直驚きはない。衝撃も受けない。すでに知っていたことだから。

「ははは。いやでも、よく一緒に居るからもしかしたら、そういう関係だって思われているかもね」

「そうだったのか。でも、お似合いだと思うよ。勇者と聖女なんて」

俺は、本当に彼女のことが好きだったんだろう。だけど結局、これまでミュレットと付き合おうともしなかった。幼馴染だからいつまでも傍《そば》にいる。そんな軽い考えがあったんだろう。

どうしてさっさと告白をしなかったのか。今となっては、自分でもわからない。もしかしたら、俺は……。

「……改めて。おめでとう、ミュレット。幸せにな。幼馴染として祝福する」

「ありがとう、ヤミノ。ヤミノも、良い人見つかるといいね」

……それは、大丈夫だ。

「ああ。ありがとう」

話し終えたミュレットは将太と共に去っていく。

その時、将太はにこっと笑顔をこちらに向けてきた。

「……聞かなくてよかったの？　パパ」

「なにをだ？」

「それは……」

どういう理由があろうと、俺達は各々の道をすでに進み始めている。

今更戻っても色々とややこしいことになる。

それに……なんだか今が、一番幸せな気がするんだ。もしかしたら、こうなる運命だったのかもしれない。

「俺は、今が幸せだからいいんだ」

「えへへ。だってママ」

「むにゅう……」

あれ？　こっちを見てくれない。どうしたんだろう、ヴィオレット。まだ食べ終わっていないのか？

「ヴィオレット？　おーい」

「……」

お腹《なか》いっぱいで寝ちゃったのかな？　……そっとしておこう。

そう思った俺は、アメリアと一緒にパーティーを楽しむことにした。

そんな中、ダルーゴさんは豪快に笑いながら料理を食べている。将太とミュレットは、相変わらず二人一緒に居て、参加者達との会話に華を咲かせていた。そして、魔法使いティリンは、なぜか皆から離れて、俺の傍でジュースを飲んでいた。

「あーあ、早く終わんないかしらね。このパーティー」

「えっと、どうしてこっち来たんだ？　ティリン」

「別にいいじゃない。楽しいのは好きだけど、こういうまったりとしたのも好きなの」

「……なあ、聞いていいか？」

「なに？」

俺は、一度将太のことを見てからティリンに問いかける。

「世界救済の旅って言うけど。どこへ行くつもりだ？」

タイミング的に、今を騒がせている鋼鉄の獣が、世界の脅威と見ていいだろう。けど、鋼鉄の獣は、なにか大きな存在が動かしているように感じる。どうしてそう感じたのかは……正直俺にもわからないけど。もし、そうだとしたら大本を倒さなければ、世界を救うことはできないだろう。

「さあね。でも、あいつが持っている聖剣が導いてくれるみたいよ」

「聖剣が？」

「ええ。聖剣が導く先に、世界を揺るがす脅威あり。あたし達は、聖剣が示す方へ向かう。そうすれば、おのずと大本へ辿り着けるって話」

聖剣が導く先、か。

確かに、将太が持っている聖剣は、かつての勇者が使っていた代物だという。神々が造りし悪を絶つ聖なる剣。

世界には、他にも聖剣と呼ばれるものは存在するが、将太が持っているものは別格。

聖剣の頂点とも言われている。

「はあ……雲を掴《つか》むような話よね。途方もないわ……」

「でも、それが旅ってものじゃないのか？」

「ま、それもそうなんだけど。……あんたは、これからどうするつもり？」

「俺？」

俺のこれからか。

もし、ミュレットが聖女に選ばれなければ、闇の炎の力を得なければ、俺は何事もなく平穏な暮らしをしていたかもしれない。

明日にはミュレットは旅に出る。

俺は……。

「……」

「どうかした？」

「悪い。ちょっと調子に乗って食べ過ぎたみたいだ。外で、風に当たってくるよ」

「そっ。じゃあ、ここを出て左へ行きなさい。しばらくしたら上へ行ける大きな階段があるから」

「上へ？」

「その先に、王都を一望できる場所があるわ。あたしもよくそこで風を感じているのよ」

「ありがとう。行ってみるよ」

「じゃあ、わたしも行く」

俺達はパーティー会場を抜け出し、ティリンに言われた通り、廊下を左へ進む。

階段を上り、バルコニーへと出る。

本当に王都を見渡せた。

夜風も気持ちいい。

「綺麗《きれい》だね」

「ああ」

街灯りが、まるで宝石のように輝いている。けど、空は雲で覆われていた。今日は満月だというのに、これじゃ台無しだ。ここへ来る前は、まだ見えていたんだけど……。

「……」

「なにを考えてるの？　パパ」

王都の夜景を眺めていると、アメリアはヴィオレットを抱えたまま隣に並び問いかけてくる。

「そうだな……俺が抱えていた問題を解決できたから。次は、何をしようかなって」

今までは、ただ自分にとっての何気ない日常を過ごしていた。だが、今ではそれが一気に崩れてしまった。もう今までの日常が戻ってこない。なら、どうする？　俺は……。

「パパ」

「アメリア？　どうしたんだ、急に手を握って」

「ちょっと気分変えよっか」

右手でヴィオレットを抱き、左手で俺の手を握ったままアメリアが笑顔を作る。気分を変えようって……。

「空の上で」

「空の上って――――なっ!?」

急に何をと思った刹那。

空間転移の光に包まれ、景色が一変する。先ほどまで、王都の夜景が見えていた視界に広がるのは、一面の真っ白い雲と月光が照らす夜空だった。

「ア、アメリア!?」

さすがに、雲の上に居るというのは落ち着かない。恥ずかしながら動揺してアメリアに話しかける。

「大丈夫。この魔法陣の上に居れば落ちないから」

「そうは言うけど……」

「それより、どう?　雲の上は」

「……風が気持ちいいな」

それに、雲の上にこうして立っているなんて、かなり貴重な体験だ。ヴィオレットとアメリアに出会わなかったら、こんな体験もできなかったな。

「綺麗な満月……」

ぼそっとヴィオレットが呟《つぶや》く。

「……ああ。こんな近くで月を見ることができるなんて思わなかった」

つらい経験もしたけど……それ以上に。

「ん？」

考え事をしていると、またあの嫌な気配を感じ取った。しかも、これは。

「まさか、空か？」

ここからではよく見えない。だが、こちらに近づいているのは確かだ。だけど、どういうことだ？　下には多くの人間が居る。なのに、降下することなく真っすぐ俺達の方へ向かっているようだ……。

「パパ」

「……ああ。せっかくの祭りなんだ。邪魔はさせない。――ヴィオレット！」

「う、うん！」

一度、鋼鉄の獣の気配を感じたことにより敏感になっているのだろうか。俺は、まだ姿の見えない敵を撃墜するべく、ヴィオレットの名を呼ぶ。彼女は、名を呼ばれた意味を理解し、紫色の炎となって、体の中央へと入り込む。

「……数は十一か」

弓矢を形成。それを構えると、左目に小さな円形上の炎が出現する。

そこから見えるのは、遠く離れた敵の姿。

やっぱり鋼鉄の獣。でも、俺がこの間戦ったのとはまた別の姿。鳥……腕の生えた鋼鉄の鳥といったところか。

体躯《たいく》は、以前戦ったのより小さいが、数が多い。

ただでさえ硬い体だというのに、飛行能力があるなんて。

今後も色々と種類が増えそうだな……。すでにどこかを襲った後なのか。鋭い牙や翼にはべったりと赤い血が付着していた。

「一気に射抜く」

「サポートは任せて、パパ」

「頼む！」

深く息を吸い、ぎゅっと力を入れる。

炎はより激しさを増し、あの時アメリアが使った紫炎の矢が周囲に出現する。

（ただ倒すだけじゃだめだ。倒した後、そのまま地上に落としたら意味がない）

あんなのが、上空から地上にいくつも落ちたら確実に大地を砕く。

それが王都になんて落ちたら……被害は甚大。

（確実に一体一体を完全に燃やし尽くす。ヴィオレット。火力アップだ）

（任せて……今なら！）

出現した紫炎の矢は、轟々《ごうごう》と燃え上がり、一本一本が敵を確実に焼き貫くほどの大きさになる。

（ヤミノのために……！）

ヴィオレットの覚悟に呼応し、不安定だった紫炎の弓が固定され、より弓らしくなった。

「パパ！」

「ああ！　確実に決める!!　〈ヴィオフレア・アロー〉!!!」

紫炎の矢は、空間を飛び、遥《はる》か遠くを飛行する敵へと放たれる。

何をされたのか。どうして自分達はこうなったのか。そんな考える暇すら与えず、全ての矢は敵を焼き貫いた。

「ふう……」

「やったね、パパ。ママも大分火力が戻ってきたみたい！」

敵を倒し、俺は大空で一息つく。空で戦うなんて思わなかった……。でも、今のを見る限り、これから別の獣が現れるかもしれない。それこそ、今のままじゃ到底敵《かな》わない相手が。

「……」

「パパ？　どうしたの？」

「よし、決めたぞ。ヴィオレット、アメリア。俺――」


王都へと家族旅行に行き、無事俺達は帰ってきた。

盛大な祭りを終えた次の日。

一部の者達が、王城の上空に紫色の光を見た！　という話題を語っていたが、酔っぱらって幻覚でも見たんだろう、ということでさらっと流されてしまった。

勇者一行は、多くの人々に見送られ、聖剣の導きの下、世界救済の旅に出た。このことは、もう世界中に伝わっていることだろう。

いつかまた遇《あ》うかもしれない。

その時を楽しみにしている。一目、勇者一行を見るために。世界の平和を願いながら……けど、本当にそれでいいのか。勇者一行の実力は確かだ。

実際、あの鋼鉄の獣を撃退したようだからな。

それでも……それでも、今の状況はもしかしたら思っている以上に色々と深刻かもしれない。

勇者の召喚。

鋼鉄の獣。

闇の炎と俺。普通の武器では到底倒すことができなかった相手。それを勇者達だけじゃなく、闇の炎を操る俺も倒すことができた。

今現在、鋼鉄の獣に対抗できているのは勇者一行。

そして、聖剣、魔剣を扱えることができる者達。なんとか倒せてはいるようだが、一体倒すのでも苦戦するようだ。

とはいえ、通用するのが聖剣、魔剣の力だけとなれば、それを扱える者達が居ないところに、鋼鉄の獣が現れた場合……どうすることもできないで、ただ死を待つのみ。

「――――それで、ヤミノ。改まって話ってなにかしら？」

「母さん。俺、他の闇の炎に会いに行こうと思うんだ」

「他の闇の炎に？　……なにか意味があるのね」

さすが母さん。察しが良くて助かる。母さんは、俺が闇の炎で鋼鉄の獣を倒したのを見たから、他の人よりも理解はできているんだろう。

「勇者達は、救済の旅に出た。彼らが、敵の大本を叩《たた》けば世界は救われる。でも、その間に鋼鉄の獣に手も足も出ずに殺されてしまう人達が出てくる」

「そうね。あの時、あたし達は、あんたが倒してくれたからこうして生きているけど……」

「うん。あの時、闇の炎の力がなかったらと思うとゾッとする」

だが、こんな思いを今後世界中で……。

「闇の炎は、鋼鉄の獣に対抗できる力。そして、それを扱える俺は……世界にとって何かしらの役割があるんだと思うんだ」

それに、世界中の闇の炎に会えば、色々と謎になっていたこともわかるかもしれない。

「けど、ヤミノ。世界中の闇の炎に会いに行くとは言うけど。長い旅になるわよ」

ああ、本来ならそうなるだろう。

「大丈夫だ、母さん。実は」

俺は、母さんにヴィオレットの力を話した。

「空間転移？　そ、そんなことできるの？」

「できるよ。でも、遠ければ遠いほど炎の力を使うし、燃費も悪いの。あと、一度行ったところじゃないとだめだし」

信じられないと、声を漏らす母さんにアメリアは説明する。

「ご、ごめんね。私のせいで……」

「気にするなって、ヴィオレット。一瞬で遠くに移動できるなんて普通はできない凄いことなんだぞ？」

過去に空間を操る術を扱えた、たった一人の魔法使いが居た。

その魔法使いは、魔法使い全ての憧れであり目標。

大賢者ノートリアス。

ありとあらゆる魔法を会得し極めた魔法使いの頂点と称される存在。歴史書にもその名が大々的に記載されている偉人だ。

「なるほどね。確かに、空間転移ができるなら、さほど時間はかからないか」

「で、でも。直接は無理」

「どういうこと？」

「どうやら、闇の炎の力が、その周囲の空間に影響を与えているようなんだ。だから、どこか近くの街とかに飛んで、そこから地上を移動することになるらしい」

本当なら一気に近くまで移動したいところだけど。

「それと、もうひとつ。母さんに協力してほしいことがあるんだ」

「あたしに？」

「うん。ほら、母さんって凄い人達と繋《つな》がりがあるだろ？」

「なるほど、そういうこと。……ねえ、ヤミノ。ひとついいかしら？」

「ん？」

一通り話を終え、冷たい水を口にしていると母さんは問いかけてくる。

「あんた達の力があれば勇者一行の旅に役立ったはずよ」

「……」

母さんの言う通り、空間転移の力があれば旅も楽になる。より早く世界を救うことができるかもしれない。

「それは、できない」

「できない？」

「いや、世界を救いたくないってことじゃないんだ。ただ……」

俺は、ヴィオレットとアメリアを見てから口を開く。

「どうしてかわからないけど。勇者、一行とは一緒には居たくないって」

「……そう。まあ、深くは追及しないわ」

勇者が光で、俺が闇だからなのか。その辺のことも、これからわかるかもしれない。

「さて！　これから忙しくなるわね！　家族も増えるみたいだし！」

「いや、まだ家族になるって決まったわけじゃないって！」

◇◇◇◇

聖剣に導かれて、西へ進んでいた勇者一行だったが、途中で王都が誇る兵士長ロブと出会った。

「おお！　勇者様！　お久しぶりです!!」

「ロブ。どうしたんだい？　その怪我《けが》は」

「恥ずかしながら、上空より飛来した鋼鉄の獣にやられてしまいましてな」

「ひどい怪我。ロブさん、今回復します。見せてください」

「おお、聖女様！　ありがとうございます！　どうか、回復なら私よりも部下達を先にお願いします！　……それにしても、王都は無事だったようですね。本当によかった！　早く事の次第を知らせようにも、遠話魔法を扱える者が負傷してしまいましてなぁ」

「飛行型が居たのか。跳べば届くか？」

「馬鹿ね。飛んでるのよ？　攻撃を受ける前に、ひらりと避《よ》けられちゃうわよ」

ミュレットが傷ついた兵士達の傷を回復している間、将太は思考する。

（飛行型か。聞いた感じだと、パーティーの最中の出来事だったみたいだ。運よく王都へは来なかったようだが……）

「王都に来る前に誰かが倒しちゃったとか？」

「倒したって。誰がだ？」

「じゃあ、どっか行っちゃったってことで」

「てことでってなぁ」

他の誰かが倒した。

王都には、将太以外に聖剣使いが二人居る。勇者として異世界に召喚された後、共に訓練をしてくれた。そのため強さもわかっている。

（あの二人の内どちらかが倒したのか？　いや、僕に気づかれずに倒すなんて……）

「はい、治療終わりました」

「おお！　ありがとうございます！　聖女様!!」

「いえ。これも聖女として当然のことです」

その後、将太達はロブ達と別れた。

◆◆◆◆

今後の方針が決まって、俺はヴィオレットと話し合った。

まずは、どの闇の炎に会うべきかと。

俺が住む街リオントから一番近いのは、南西の方角に向かった先にある森林地帯。そこにある巨大な湖の上で緑色の闇の炎が燃えているそうだ。

緑色の闇の炎は、その力で森林地帯を作り出し、住み着いたエルフ族からは、守り神様と呼ばれているようだ。

他に確認されている闇の炎も、色々と違う。

中には、ヴィオレットのように完全に放置状態のものもあれば、許可がなければ入れないような場所にもある。

「ちなみに、その闇の炎の名前はなんていうんだ？」

「エメーラ」

「エメーラか……その、どんな人なんだ？」

「優しくて、世話好き……」

ふむ。何もない大地に命を吹き込んだという闇の炎。

いや、本当に闇なのか？　どう考えても、光の炎にしか思えないな。

「ヴィオレットにとっても安心できる相手みたいだし。会ってみたいけど……エルフ族がなぁ」

エルフ族は、あまり他の種族との共存を望んでいない。

中には、冒険者として名を馳《は》せているエルフ族も居るが、多くのエルフ族は森にエルフ族だけの居住区を作り、そこに住んでいる。

更に言えば、信仰心が高く、今回のように何かを崇《あが》めるエルフ達は特に厄介だ。

「後々問題にならないように、ちゃんと事前に話し合わないといけないな……」

「エメーラさんかぁ。どんな子が生まれるんだろうね、パパ」

「こらこらアメリア。気が早いぞ。何度も言うようだけど、まだ子供ができるとは」

「できる、よ」

「え？」

「だって、ヤミノと一緒になるってことは、子供ができるってこと、だから」

俺って、本当にどういう存在なんだ？　ヴィオレットは、記憶がぼやぼやとしていて覚えていないようだ。

「おーい、ヤミノ！　そろそろ行くわよー！」

「っと、そろそろ時間か」

母さんに呼ばれ、俺達は自室から出る。

これから向かうのは、リオントにある冒険者ギルド。そこのギルドマスターと面会することになっている。

どうやら、母さんの後輩らしく、今は立派に冒険者を纏める長《おさ》の一人になっているようだ。

「こんなにも早くギルドマスターと面会できるなんて思わなかったよ」

「まあ、そこは先輩想《おも》いの後輩ってところかしらね。ギルドに行ったら、すぐ対応してくれたわ」

これから俺なりに世界を守るために必要なことを話し合うために、母さんのコネを使った。

母さんは自信満々に、どーん！　と任せなさい！　とまずはギルドマスターへ連絡したところ、御覧の通りである。

普段は、忙しく自らも依頼をこなすため、タイミングが悪いと中々会えないのに。

「お？　今日も仲がいいね、ゴーマド一家は」

「どうだい、アメリアちゃん。後でうちの菓子を食べていってくれよ」

「ありがとうございます」

「いやぁ、ヤミノくんも色々大変だね。その歳《とし》で娘を持つなんて」

「あははは、本当に」

気のいい人達が多い街だったけど、まさか本当にそういうことで受け入れてくれるとは。

実は、あの後。母さんや父さんが、俺とアメリアの関係、そしてヴィオレットのことを広めたのだ。街の人達には、多少なりとも恐怖心があっただろう。ヴィオレットも、自分が受け入れられるのか不安がっていた。

しかし、思いのほか受け入れられた。二人の愛らしい姿を見た人々には、自然と笑顔が溢《あふ》れていたのだ。

「おぉ、なんと神々しい……ヴィオレット様」

「むにゅう……」

ヴィオレットにいたっては、本当の姿がかなり印象づいたためもあるだろうけど、ずっと崇められていた闇の炎の化身だということもあり、なんだか神様みたいな存在になっている。

けど、恥ずかしがり屋な彼女は、今の扱いに全然慣れることができず、赤面し俯《うつむ》いたり、俺やアメリアの体に顔を埋《うず》めてしまう。

そんな姿も可愛い！　と言われている。もちろん、俺も可愛いと思っている。

「あ、消えちゃったわね」

「恥ずかしかったんだろうな」

まあ、最終的には、俺の中に隠れてしまうのだが……。

ちなみに、これも今後のためになるだろう。

闇の炎は、ただの炎でも、世界の脅威でもない。ちゃんと意思があり、世界を守るための力となる。そのことが、他の闇の炎がある場所に伝われば……色々とやりやすくなる。

結構賭けだと思うが。

「でもまあ、順調に馴染んできているわね。思い切って真実を伝えてよかったわ」

当然、この街の近くに鋼鉄の獣が現れたことも、それを俺が闇の炎の力で倒したことも伝わっている。そうじゃなければ、この後の話し合いがうまく進まないからな。

「たぶん、実際に力を見せろって展開になると思うから。準備してなさい！　ヤミノ！」

「もちろん！　……いや、あの人に限って、それはないんじゃ」

「それもそっか。というわけで、着いたわよ。リオントの冒険者ギルドに」

昔からよく知っている冒険者ギルド。

なんだか久しぶりだな。あれから結局一度もギルドに顔を出していない。指名依頼の時も、母さんが代わりに報告してくれたから。

母さんは、引退してもやっぱり有名人。その息子ということで、小さい頃は結構可愛がられた記憶がある。将来は、俺も冒険者になるんだろうって期待されていたから、色々重圧だった。

「お？　カーリーさんじゃねぇっすか！　それにヤミノ!!　よく来たな!!!」

「その隣に居る可愛い子が、娘のアメリアちゃんかー！　なんて羨ましい!!」

まだギルドに入っていないのに、この騒ぎ。

丁度依頼で出るところだったのだろう。

顔見知りの男冒険者達と遭遇した。

「あんた達。しっかり奉仕してきなさい。もし、手を抜いたらあたしが許さないわよ!!」

「わかってますよ！」

「カーリーさんは、本当厳しいっすね。んじゃま、行ってきますよ!!」

「いってらしゃーい!!」

見た目は厳《いか》ついが、気のいい連中だ。

それにしても、アメリアにいってらっしゃいと言われて、なんともまあご満悦そうな笑顔に。

「さて、行くわよ」

「うん」

冒険者ギルド。

それは、とある一人の冒険者によって作られた。

世界を冒険し、その名を広めた男。全ての冒険者の憧れであり、王と称される男。

それが冒険王ロッツだ。ロッツは世界中を冒険し、それで得た知識と技術を役立てようとギルドを創設した。戦えない一般人や困っている人達のために、自ら危険地域へ飛び込み魔物を倒し、素材を集める。冒険者達は、依頼をこなし金を、信頼を得る。

創設した当時は、まだ小規模だったが、今となっては世界中に冒険者ギルドがあり、屈強な冒険者達が生まれている。

「お？　カーリーじゃねぇか！　よく来たな！　たまには一緒に飲まねぇか！」

「また今度ね」

「カーリーさん！　また俺の槍捌《さば》きを見てくださいよ！」

「ええ、わかったわ」

ギルド内は、多くの冒険者で溢れている。

中に入ると、正面に見えるのは受付が二つ。まず向かって右に、受注と登録。そこで冒険者登録や依頼の受注などをする。

そして、向かって左にあるのは報告と鑑定。受けた依頼を終え報告。もし素材採取系の依頼だった場合は、鑑定も行う。素材の品質によっては報酬が上がることもあるのだ。

他にも食事を提供するところに、情報を交換するところ。

ここからじゃ見えないが、大きな扉の先には冒険者達が腕を磨き上げるための訓練所がある。

ちなみに俺達がこれから向かう先は、ギルドの二階にある。

受付の横にある階段を上ってすぐの扉がギルドマスターの部屋だ。

「今日は、どうしたんだよ。家族連れで」

「ちょっとギルドマスターに大事な話をしに来たのよ」

「ギルドマスターに？」

「アメリアちゃんのことじゃない？　ほら、今その話で持ち切りだし」

「そういえばそうだな。ん？　噂《うわさ》の闇の炎の化身ってのが見えないが」

「あたし、一度見たけど。お人形さんみたいですっごく可愛かったのよ？」

「まさか俺達が生まれるよりずっと前からある、あの謎の炎があんな可愛い小人だったなんてな」

「ばーか。あれは仮の姿だって話だぞ。本物はもっと美人さんなんだと」

二階へ上がる間も、ずっとヴィオレット達の話が耳に届く。

肝心のヴィオレットは、まだ俺の中に居るけど。

「ヴィオレット。そろそろ出てきてくれ。到着したぞ」

扉の前で、俺はヴィオレットを呼ぶ。

すると、小さな紫の炎が出現し形を成す。

「っと」

「本当、ヴィオレットは恥ずかしがり屋ね」

出てきてくれたのはいいけど、顔を隠すように俺に抱き着いてくる。

「とりあえず、このまま」

「話はわたしが代わりにするから。安心してママ！」

うん。アメリアは、本当にしっかりした娘だ。

「来たわよ！　マルクス!!」

ノックにしては、扉が壊れるんじゃないかと思うほどに豪快な音を鳴らす母さん。

「入ってください」

中から若い男の声が聞こえる。

母さんは、すぐ扉を開け中へ入っていった。

「お久しぶりです、カーリー先輩。お変わりないようで」

「馬鹿ね。それをあんたが言う？　マルクス」

中に居たのは、金髪の美男子。

彼の名は、マルクス。母さんの話によると、人間とエルフの間に生まれたハーフらしい。耳は尖《とが》っておらず、見た目は二十代の人間。

しかし、実年齢はすでに百歳を超えているらしい。母さんより年上なのに後輩なのは、マルクスさんの方が遅く冒険者になったというのもあるが、母さんのことを本当に尊敬しているから、なんだそうだ。

「はは。すみません。やあ、ヤミノくん。ようやく顔を出してくれたね。その様子だと、もう大丈夫みたいで、安心したよ。君は、我がギルドの稼ぎ頭の一人だからね」

「お久しぶりです、マルクスさん。あ、いえ。ギルドマスター」

「マルクスで構わないよ。さあ、お座りください。今、飲み物を用意しますので」

「そんなに気を使わなくてもいいわ」

「マルクスさん」

飲み物を用意しようとするマルクスさんに、アメリアは一人近づいていく。

「おや？　もしかして君が、噂のアメリアちゃんかな？」

そして、目の前で収納空間を使い、中から菓子箱を取り出してみせる。

「どうぞ。甘いものが好きだって聞いていたので」

「……ありがとう。なるほど。今のが空間操作の力。それに紫色の闇の炎ってわけか」

箱を受け取りながら、マルクスさんは目の前で起こったことを整理し始める。

「じゃあ、今ヤミノくんに抱き着いているお人形さんが」

「ええ。この街でずっと崇められていた闇の炎の化身。ヴィオレットよ」

「……」

さすがに、失礼だと思ったようで、ヴィオレットは正面を向き、小さく頭を下げる。

大きなソファーに俺は、ヴィオレットを抱きかかえたままで、アメリア、母さんと並んで座り、テーブルを挟んで、その正面のソファーにマルクスさん一人が腰掛けた。

「改めて。僕は、冒険者ギルドリオント支部のギルドマスター、マルクスだ。カーリー先輩には、駆け出しの時に」

「待った」

「え？」

「あんたは、いちいち話が長いのよ。だから、そういうのはまた今度。今日は、こっちの用件に集中して」

「おっと、すみません。では」

母さんに止められ、マルクスさんはこほんっと咳払《せきばら》いする。

「ヤミノくん。事前に話の概要は聞いている。闇の炎は、今世界を騒がせている鋼鉄の獣に有効だそうだね」

「はい」

「そして、君はその闇の炎の力を扱える」

「はい」

「更に、リオント周辺の森で鋼鉄の獣と遭遇。それを撃破した」

「証人は、あたしよ」

「……冒険者ギルドでも、鋼鉄の獣については話が上がっている。まだ目撃数は少ないにしろ、聖剣や魔剣の類《たぐい》でしか倒せないとなれば、対処が難しくなる。出現してから連絡を受けても撃退に向かう間に全滅する確率が高い」

この前のように、空を飛ぶ形態も厄介だ。

「ですが、それをどうにかできるかもしれません。俺達の力で」

「ふむ。ではもっと詳しく聞かせてくれるかな？　ヤミノくん」

マルクスさんの言葉に、俺は頷《うなず》き、母さんにも話したことを語り始めた。

「――なるほどなるほど。では、僕の方から各支部のギルドマスターへ話を通しておくよ。進展があったら、すぐに知らせるね」

「よろしくお願いします！」

「頼んだわよ、マルクス」

なんとか話は終わった。

一山越えたということで、俺は深く息を漏らす。

「あ、そうだ。マルクス。悪いんだけど、あたしのギルドカード作り直してくれないかしら？」

「そういえば引退する時にカードを返却していましたね」

そう。今後のことを考えるなら冒険者カードは必要だ。

確か、A級冒険者じゃなければ入れない魔境にも闇の炎があるって話だからな。それに、冒険者カードがあれば身分証明にもなるから、検問とかも楽になる。

「じゃあ、特別にリオント支部ギルドマスター公認の証《あかし》をつけましょう。ヤミノくんのも一緒にね」

「気が利くわね、マルクス」

「い、いいんですか？　ギルドマスター公認の証を貰《もら》って」

「いいんだよ。君は、いずれそれだけのことをするだろうからね。未来への投資というやつさ」

ギルドマスター公認の証。

それは、本当に特別なもの。ギルドマスターからもっとも信頼された証ということで、それがあるだけで冒険者として箔《はく》が付く。

ちなみに、リオント戦術学園という施設があるのだが、そこは戦う術《すべ》を学ぶ場。武器の扱いから魔法。ありとあらゆる戦う術を教え、卒業後は冒険者や傭兵《ようへい》、はたまた街を守る警備隊。

魔物が蔓延《はびこ》るこの世界で生きていくためには、戦う術が必要だろうと創設されたのだ。

そこで学園長をしている人は母さんの知り合いであり、元冒険者仲間でもあるシャルル・フォースクという人が務めている。

彼女は獣人の中でも、数が少ない仙狐《せんこ》族で、母さんとは小さい頃から仲が良かったとか。とはいえ、俺は一度も会ったことがないんだよな。いや、もしかしたら会っているかもしれない。

彼女は、武器の扱いだけでなく術の扱いにも長《た》けている。自分の姿を変える術を使って街に出ているらしい。

「でも、周りになんて言われるか」

「むしろ大歓迎だと思うよ。君は、それだけギルドに貢献してきた冒険者なんだから。それじゃあ、さっそく受付に行こうか」

話を終え、俺達は一階へと向かった。

「ギルドマスター。どうかなさいましたか？」

さすがに、ギルドマスターが直々に来ると注目を集める。

「実は、カーリー先輩のギルドカードを作り直すことになったんだ」

「マジか！」

「カーリーさんが再び冒険者を!?」

「歓迎するぜ！　再びようこそ冒険者の世界へ!!」

昔から母さんのことを知っている冒険者達は、歓声を上げる。

しかし、そこへ追撃とばかりにマルクスさんは、とあるものを取り出した。

「それだけじゃない。先輩とヤミノくんには、ギルドマスター公認の冒険者になってもらう。これからの戦いは、彼らが中心となるだろうからね」

「公認ですか!?」

「というか、これからの戦いって」

「決まってるでしょ。鋼鉄の獣よ！」

「そういえば、闇の炎の力が有効なんだよな」

マルクスさんが取り出したのは、加工された青い宝石がはめ込まれた印章。

それはギルドマスターのみが所持を許されるもの。それをカードに押された冒険者は、晴れて公認冒険者となるのだ。

「まあ、理由はともかくとして！」

「さっそく一緒に依頼に行こうぜ！」

「こらこら。まだ気が早いよ」

その後、母さんはギルド内に居る冒険者達やギルドマスターが見ている中で登録した。

登録の際に、色々と説明を受けることになるのだが、母さんはもう知っているから省かれた。

そして最後に。

「これで……今日から二人は、リオント支部ギルドマスター、マルクスが認めた冒険者だ」

カードに印章を押され、手続きの全てが終わる。

今日から、俺は公認冒険者……まさか、こんな形でなるなんて。

「あんたなら、あたしを超える冒険者にきっとなれるわ。頑張りなさい」

「うん。やるからには、本気でやるよ」

第五話　白い狐《きつね》さんと新たな炎を求めて

闇の炎は確かに強力な力だ。

鋼鉄の獣を倒せるほどに。ただ今の状態だと、一度使っただけでかなりの力を消費する。ヴィオレットの力は元々燃費が悪いうえに空間操作という便利な能力もある。

だから、今は少しでも炎の力を抑える戦いを。

そして、あくまで闇の炎は鋼鉄の獣を倒すために。

敵は、鋼鉄の獣だけじゃないんだ。

「……」

ヴィオレットの指導の下、俺は元々闇の炎があった大地で特訓していた。

長年闇の炎が燃えていた大地。

そこで力を使えばより練度が上がるかもしれないと。

「くっ!?」

今やっているのは、火力の調整。だが、うまく調整できず王都で放った時と同じぐらいの炎が出てしまう。

「……ふう。やっぱり難しいな」

これまで闇の炎の力を実戦で使ったのは二回。

そのどちらもアメリアが火力を調整してくれていた。

それを一人でやろうとすれば極端に小さかったり、大きかったり。どれほどアメリアの力が凄《すご》かったか実感できる。

「けど、ヴィオレットの言う通り。ここは、炎をより敏感に感じられる気がする」

そういえば、この地で俺はヴィオレットと一体化し、アメリアを生んだ。

まだ炎の力の影響が残っているせいか、草木は一本も生えていない。

「よし。もう一度！」

日々訓練。

昔と全然変わらないが、訓練の仕方や苦労が違う。普通の訓練と違い、炎を操る訓練は疲労感が桁違いだ。

火力が高ければ高いほど、疲労感は増す。今は、炎の力が充満している地で訓練をしているから、まだマシだけど。そうじゃない場所だったら、比ではないだろう。

「おー、やってるわね」

「母さん。アメリアも」

「パパ。お昼持ってきたよ」

アメリアは、すっかり街に馴染《なじ》んだ。

元々とてもいい子だからか、色んな人達《たち》に可愛《かわい》がられている。特に可愛がっているのは、母さんなんだけど。

今日も仲良く手を繋《つな》いで、俺のところに訪れた。

「どう？　訓練の方は」

「……ちょっと苦戦中」

「ママの炎は扱いが難しいからね」

「私も、頑張っているんだけど……やっぱり力の制御、苦手」

実体化したヴィオレットは、自分の不甲斐《ふがい》なさに少ししょんぼりしている。

「その分、凄い力を持っているんだ。俺と一緒に制御できるように頑張ろう。ヴィオレット」

「ヤミノ……」

とはいえ、悠長にはしていられない。

またいつ鋼鉄の獣が現れるか……。

「そんなあんた達に、紹介したい人がいるわ！」

「紹介したい人？」

「だ、だれ？」

この流れだと、炎の制御に関係する人ってことだよな。ということは、炎系統の魔法を得意とする魔法使いってところか？

「我だ!!」

「……子供？」

母さんの後ろから出てきたのは、白髪の子供。

リオントでは見たことがない気がするが。

「こら、もう偽装はいいんだってば」

「おっと、そうであったな。では、指パッチン！」

母さんと友達のような雰囲気で話していた白髪の子供は、おもむろに指を擦《こす》る。

すると、キラキラと青白い粒子が散り、姿を変えた。

「初めまして！　我の名は、シャルル・フォースク!!　知っていると思うが、リオント戦術学園の学園長をしている!!　まあ、君のことは一方的に知っているのだがな!!　はーっはっはっはっは!!!」

青い炎の波？　のような模様が織り込まれたやたらと袖が長い服に、青色のぶかぶかした半ズボン？　のようなものを穿《は》いた元気な狐耳の少女が現れた。靴もかなり特殊で、木の板に角材を二つくっ付けたようなものを履いている。

まさかシャルルさんが来るなんて。本当に母さんは、凄い人の知り合いが多すぎるだろ。

「は、初めまして。ヤミノです」

「そう畏《かしこ》まるな。今日は、友の頼みで馳《は》せ参《さん》じたのだ。息子の手助けをしてくれとな！」

「シャルル達仙狐《せんこ》族は、炎を操る術に長《た》けているのよ」

「まあ、我は炎以外も操れるがな!!」

「はいはい」

なんとなく二人の関係性が見えてきた気がする。

それにしても、凄い助《すけ》っ人《と》だ。

「さてさて……ほうほう」

突然、シャルルさんは、透き通るような青い瞳で、ヴィオレットを舐《な》めるように観察する。

「とんでもない炎の意思を感じる。さすが闇の炎の化身といったところ。とはいえ、まだ完全ではない。これなら、ここで燃え続けていた時の方が断然強い炎の意思があった」

そのまま、アメリアへと近づき……自分の尻尾《しっぽ》をふりふりと見せ付ける。

「もふもふ～」

釣られてしまったアメリアは、本当に心地よさそうにシャルルさんの尻尾に抱き着く。

「話を聞いた限り、この子を生み出す時に力を使い過ぎたようだな」

「うぅ……そ、その通り」

「だが、徐々に回復しているのだろう？　今どれくらいなのか、見せてくれないか？」

「は、はい」

シャルルさんに言われ、俺はヴィオレットと一体化し、炎を生み出す。

「おお！　本当に紫色とは！　火力も申し分ない。が、だだ漏れと言ったところか。それじゃあ、すぐに力尽きてしまうぞ！」

「お、おっしゃる通りです……」

なんとなく魔力と同じ感覚で調整していたが、中々うまくいかない。落ち込んでいる俺を見て、シャルルさんは袖の中に手を突っ込み何かを取り出そうとしていた。

「ヤミノ。これを使ってみるといい」

そう言って渡してきたのは。

「……」

シャルルさんから貰《もら》ったのは、炎をかたどった装飾品。名前を【仙炎の腕輪】と言うらしい。五つの炎玉にはちゃんと意味があり、仙狐族は、これを使って炎の操作の訓練をするようだ。

静かに、炎エネルギーを高める。

すると、炎玉が徐々に輝く。そう、五つの炎玉は発現できる炎のエネルギー量を示しているんだ。

「まずは一つ分！」

炎玉が完全にひとつ輝いた瞬間。

俺は、ぐっと力を入れ闇の炎を手の平に生み出す。

「よし。次は、二つ分」

こうやって、徐々に慣らしていく。

そうすれば、自在に炎を操れるようになるんだそうだ。

「いやぁ、未知数の炎ゆえ、我らの修行方法でうまくいくか不安であったが……。うまくいったようで安心した！　ちなみに、それは我の手製だ。予備もあるから、思う存分使うといい。はーっはっはっはっはっ!!!」

「これなら、すぐに自由自在に炎を操れるようになるね。頑張れー！　パパー!!」

初めて会ってから数日。

シャルルさんは毎日のように、俺のところを訪れてくれていた。

アメリアも、いやヴィオレットも、彼女の尻尾がかなり気に入ったらしく、よくもふもふしている。正直、俺ももふもふしたい。

「あの、シャルルさん？」

「んー？　どうかしたか、ヤミノくん」

「学園の方はいいんですか？　シャルルさん、学園長なんじゃ」

訓練を見てくれるのは嬉《うれ》しい。

だが、彼女にも立場というものがある。

「なに、気にするな。友人の息子のためだ。忙しくとも、我は!!」

「こーら、シャルルー？」

「ぴょっ!?」

ぐっと拳を握り締め、熱弁しようとした瞬間だった。母さんが、姿を現した。

……あー、まあうん。母さんの様子を見て理解できた。

「どど、どうしたのだ！　カーリー？　お前、そろそろ仕事の時間じゃ」

「それは、あんたもでしょ？　また学園を抜け出して……」

やっぱりそうだったんだ。

相棒である【赤剛槍《せきごうそう》】を持って、にこにこと笑顔のまま怒っている母さんに恐怖し、シャルルさんはアメリアの後ろに隠れてしまう。

「ち、違うぞ！　我は、お前の息子のために仕事を投げ出してだな！」

「うちの息子なら、大丈夫。これをやれと言ったら、すぐできちゃいますから。ほら、学園長ー。さっさと戻って、溜《た》まった仕事をしてもらいますよ。ね？」

「カーリー教官！　今は、世界を守るためにヤミノくんに協力をすることが最優先だ！　書類仕事など後でどうとでも」

「だめです」

「や、やめろー!!　我、文字を見るだけで頭が痛くなるのだー!!!」

無慈悲にも、シャルルさんは母さんに連れていかれてしまった。

俺が唖然《あぜん》としている中、アメリアは笑顔で手を振っている。

「そ、そうだ！　ヤミノくん!!!」

「え？　あ、はい！　なんでしょう!?」

連れていかれる中、シャルルさんは必死に叫ぶ。

「君は、闇の炎を信仰するエルフの森へ行くと聞いたが!?」

そう。俺は、ヴィオレットと話し合った結果、エメーラに会いに行こうと決めた。しかし、問題はその森に住むエルフ達。俺が闇の炎を操れる存在だと伝わっていれば、多少は話し合いの余地があると思っている。

伝わっていなくても、出会った時に説明をするつもりだ。

「その件だが、我が協力できる!!」

「え？」

「また落ち着いた時に、話し合おうー!!!」

「わ、わかりましたー!!」

◇◇◇◇

リオントから南西へ進むと巨大な木々が生い茂る森がある。

そこには、緑色に燃える闇の炎が存在する。

巨大な湖の上で、神々しく燃え盛る炎。

その闇の炎を、森の守り神と崇《あが》め、守る者達が居る。

森の妖精。森の番人。森に住む者。

自然を愛し、共に生きる種族。

美しい容姿、何百年経《た》っても変わらない姿――――エルフ族。

「フェリーか。なにかあったのか？」

そんなエルフ族は、今日も森中を駆け巡り、森を守っていた。

「ううん、特になにかあったわけじゃないの。ただ森の傍《そば》を通りかかった人間達が気になる話を言っていたのを聞いたの」

美しい金色の髪の毛を二本に纏《まと》めたエルフ……フェリーは、太い木の枝に腰掛けて話し出す。

いつものように森の周辺を警備していたところ、荷馬車を引く人間達を発見した。

警戒をしつつ、耳を傾けていたところ気になる情報を得たのだ。

その情報を聞いた金色の髪の毛を後頭部で一本に纏めたエルフ……ファリーは眉を顰《ひそ》める。

「にわかには信じられないな」

「ど、どうしよう。もしかしたら、その人間が炎を求めて、この森に来るんじゃゃ」

「可能性としては高いだろう。鋼鉄の獣の話は、この森にも届いている。もちろん人間の勇者達のことも」

ファリーは、その場で弓の弦を弾《はじ》き、立っていた木の枝から飛び降りる。

「フェリー。他の者達にも、伝えておくんだ」

「そ、その人間が来ることを？」

ファリーに続き、木から飛び降りたフェリーは首を傾《かし》げる。

「それももちろんだが。最近、守り神様の様子がおかしいように感じる」

「え？　守り神様。もしかしてご病気に!?」

「馬鹿なことを言うな。……ただの思い過ごしならいいんだが」

自分が感じた違和感にファリーは半信半疑だった。

だが、ずっと森の中で過ごし、見守ってきた。ゆえに、今まで感じたことがない違和感……森の外の変化もあいまって、警戒心は自然と高まる。

「フェリー！　何をしている！　早く皆に伝えるんだ！」

「ファ、ファリーは？」

「私は、守り神様のところへ行く」

いいな？　と念押し、ファリーは足早にその場から去る。

何が起こるのか。

変化し続けている現状では、予測はできない。だが、それでも自分達がやることは決まっている。

（誰が来ようと、私達はこの森を……守り神様を！）

◆◆◆◆

「はあ！」

「っと！　さっきのは中々よかったわよ！　ヤミノ！」

「パパ頑張れー！」

「が、頑張れー」

いつもの訓練。

基本的に一人でやっていたが、今は昔のように母が相手をしてくれている。自宅の裏で、自家製の木剣や長棒で朝から打ち合っていた。

「そういえば、あんた。シャルルと一緒に南西の森へ行くのよね？」

訓練を終え、心地よい風を感じながら母さんは俺に問いかける。

あれから、シャルルさんと話し合った。

その中で、南西の森に住み着いているエルフと知り合いだということがわかった。そして。シャルルさんは。

「我に任せよ!!」

と胸を張って言った。

そういうことなら迅速に行動しなければと、シャルルさんの予定に合わせて一緒に南西の森へ行くこととなったんだ。

「うん。まさかの繋がりで驚いてる。母さんは知ってた?」

「知らなかったわ。シャルルは、付き合いの長いあたしでも知らないことが多いから」

「ところで……今日、本当にシャルルさんは大丈夫なのか? 学園長だろ?」

この前のことを考えると、また仕事があるのにサボって行くんじゃないかと。

心配で、母さんに聞くと。

「安心しなさい。今回は、やらなくちゃならない仕事をしっかり終わらせているから」

「それはよかった」

「さて、それじゃあ時間までもう少しやるわよ。ヤミノ!」

「気合い入ってるな、母さん」

すっと立ち上がり、その場でくるくると長棒を回す母さん。

「もしものためよ。あんた達が居ない間に、鋼鉄の獣が現れた場合。皆を逃がすまでの時間稼ぎはしないとね」

「……無理だけはしないでくれよ」

「心配してくれてありがとう。まあ、死なないために鍛え直しているのよ」

その後、俺は一時間にわたり訓練を続けた。

約束の時間が刻々と迫る中、俺も強くなるために。

訓練が終わったら、汗を洗い流し、新しい服に着替えてからシャルルさんのところへ向かった。

「やあ、ヤミノくん！　待っていたよ!!」

集合場所である南側の門へ向かうと、すでにシャルルさんが到着していた。

「お待たせしました。シャルルさん。早いですね」

「まあね。それで、普通なら森まで行くのに馬車でも三日はかかる。けど」

じっとシャルルさんは、俺達を見る。

「君達の力があれば一瞬で近くまで行けるのだろ？」

「はい。一度行った場所なら一瞬です」

「ん？　じゃあ、無理じゃないのか？」

「大丈夫だよ、シャルルさん。ちょっと頭に触っていい？」

「ああ、いいとも」

アメリアが、そっとシャルルの頭に触れる。

次の瞬間。

足元に炎の円が出現する。

「誰かが一度行っていれば、こうやって空間を繋げることができるんだよ」

「おお！　便利だな。……おや？　アメリアちゃんは、一緒に行かないのか？」

空間移動の円から、アメリアはぴょんっと離れる。

「うん。もしもの時のために、わたしは街に残ることにしたの」

「俺達も、空間転移は一応使えますから」

まあ、力加減がまだあれだから。鋼鉄の獣とか、その他の強敵が現れないことを……いや、行くところが行くところだからな。

うん、頑張ろう。

「移動先は、森の手前だから。気を付けてねパパ、ママ。シャルルさん」

「ああ。それじゃあ、行ってきます！」

「い、行ってきます」

「行ってくるぞー!!」

アメリアに見送られ、俺達は空間を転移する。

「……おお！　確かに、見覚えのある景色だ!!　見ろ!!　あれが、目的地の森。その名をフォレントリアと言う!!」

「あれが」

「大きい……」

転移した先は、よくある草原。しかし、正面には俺が知っているのよりも格段に大きい木々が生い茂る森が見える。

あそこが、緑色の闇の炎エメーラがある森……フォレントリアか。

さすがに、ここからじゃ見えないな。

「闇の炎があるのは、森の中心だ」

「……感じる。ヴィオレットとは違う闇の炎の力を」

「うん。この感じ……エメーラで間違い、ない」

どこか嬉しそうなヴィオレットを見てから、再び正面を向く。

「行きましょう」

「うむ。なに、森に入ろうとしたら確実に奴《やつ》らが現れるだろうが。そこは我に任せよ!!」

「頼りにしています、シャルルさん」

「はーっはっはっはっは!! 任せよ! 任せよ!!」

上機嫌なシャルルさんは、ついて来いとばかりに先に進む。

そして、森の中に入るか入らないかのところまで来ると。

「待て! そこの二人!!」

「お? 来たようだな」

森の中から甲高い声が響き渡る。

幼い……子供? いや、相手はエルフだ。声が幼いからって年下とは限らない。

「この森に入ることは許さない！　早々に立ち去るがいい!!」

「堅いことを言うな！　ファリー!!　我だ!!　シャルルだ!!　フェリーも居るのだろう？」

ファリーにフェリー。

その二人が、シャルルさんの知り合いということか。呼びかけてから、一分ほどが経ち、森の中から二つの影が出てくる。

「……何の用だ？」

まず出てきたのは、金髪ポニーテールのエルフ。背は低く、シャルルさんよりは高いだろうか？　声の通り顔も体型も、若干幼く見える。

へそを出しており、肌にぴったり張り付く衣装を身に纏い、その上からマントのようなものを羽織っている。手には弓矢を持っており、歓迎ムードでないのは確実と言える。

「久しぶりに再会したというのに、敵意剝《む》き出《だ》しとは。可愛い顔が台無しだぞ？　ファリー」

「私が、お前のことを好きだとでも？」

「いや、思っていない！」

「だろうな。私もだ」

「気が合うではないか！　はーっはっはっは!!!」

そんなことで気が合っちゃだめでしょ、シャルルさん。

知り合いと言っても、完全に不仲。

これ、大丈夫なのか？　大丈夫なんですよね？　シャルルさん。信じてますからね。

「フェリー！　いつまで隠れているつもりだ！　前みたいに尻尾をもふもふしてもいいんだぞ!!」

「あ、う……でも」

もうひとつの影は、大きい。

金髪のツインテールで、背はファリーよりも……俺と同じぐらいか？　気の弱そうな長身女性……。

「……な、なに？」

抱きかかえているヴィオレットに視線が止まった。

「さて、挨拶もこれぐらいにして本題に入ろう。聞け！　森を守りしエルフ達!!　我らは、この森にある闇の炎を求めてやってきた!!」

先ほどまでのふんわりした雰囲気から一変。

シャルルさんは、向けられる敵意に屈せず堂々と喋《しゃべ》り出す。

「お前達も、噂《うわさ》ぐらいは聞いているんじゃないか？　見るがいい！　ここにいる青年を!!　彼こそ、闇の炎をその身に宿し、操ることができる存在!!　名を、ヤミノと言う!!」

「あいつが……」

「ほ、本当に居たんだ」

なんだか壮大に紹介されるとむずむずする。

「そして、そのヤミノが抱いている小人！　彼女は、ここフォレントリアにある闇の炎とは別の炎にしてその化身!!　名を、ヴィオレットと言う!!」

「……むにゅう」

「もう一度言う！　聞け！　森を守りしエルフ達!!　我らは、この森にある闇の炎を求めてやってきた!!　彼らの行動は、今後世界に大きく影響を与えよう！　今、世間を騒がせている鋼鉄の獣！　そやつに対抗するために!!　まずは話を聞いてほしい!!　……ん」

え？　な、なんですか。その、後は任せた的なやつは。

……いやでも、ここは俺達がいかないと。

「……話を聞いてくれませんか？　お願いします!!」

短く、それでいて本気の意思を込め、頭を深々と下げる。

すると、ヴィオレットが元の大きさになって一緒に頭を下げてくれた。

「……」

沈黙が続く。

ファリーさんは、ずっと俺達を睨《にら》むように見詰めており、フェリーさんは心配そうに俺達を交互に見ている。

「……話してみろ」

「ありがとうございます!!」

どうやら最初の難関は突破できたようだ。……よかったぁ。

「ふう……」

「っと、ありがとう。一緒に頭を下げてくれて」

「えへへへ」

安心したところでヴィオレットはミニサイズになる。さあ、次は……。

「で？　守り神様を……どうするつもりだ？」

まだ森には入れない。

俺とシャルルさんは、森の外に。ファアリーさんとフェリーさんは、森で。まるで境界線があるかのような状態で会話が始まる。

「まずは、見てみたい。そして、話してみたい」

「話す、だと？　それはつまり、そこの小人のようになれるのか？」

「それはまだわかりません」

「……」

やっぱり信用できない、だろうな。

「ファ、ファアリー。その人達は悪い人、じゃないと思うよ」

「フェリーの奴は、エルフの中でも数少ない特殊な目を持っているんだ。見ただけで、悪い奴かどうか見抜ける」

「凄いですね。それは」

見た目だけで判断するのは中々難しいものだ。

「……ああ。フェリーの目は、信用できる」

「では」

「だが！　私は、信用しない!!」

くっ、なかなかどうして警戒心が強い。

どうしようかと再び思考すると、ファリーさんは踵《きびす》を返す。

「ファリーさん？」

「もし、お前達が悪だと判断したら、即座に命を狩る。それを肝に銘じておけ」

「あ、ありがとうございます!!」

「はーっはっはっは!! ファリーは、相変わらず素直ではないな!! そんなしかめっ面ばかりだと可愛い顔が台無しだぞ!!」

「うるさい。無駄口を叩《たた》いていないで、さっさと来い」

とりあえずは、森には入れてくれるようだな。

とはいえ、行動ひとつひとつを観察されるのは確実。

「ど、どうぞ」

「うむ！ あ、尻尾もふるか？ フェリー」

「もふります〜。はわ〜」

ファリーさんと違って、フェリーさんはそこまで人間嫌いではなさそうだけど。シャルルさんとも仲がいいみたいだし。

「なにをしている。さっさと来い」

「は、はい!!」

「怒るな怒るな。少しは余裕を持て」

「はわ～」

「妹のようにな」

「え？　妹？」

そう言ったところで、口を噤《つぐ》む。

しかし、遅かったようで何か言いたそうだな？　とファリーさんがこちらを睨んでいた。

「くっくっく。ついでに言うが、ファリーは」

ファ、ファリーは？

「男だぞ」

「……」

長寿の種族ってやっぱり凄いな。

「ふん。女と間違われるのも、フェリーより年下だと思われるのも慣れている」

「そういう割には、顔が不機嫌そうだがな」

「気のせいだ」

「はわ～、もふもふ～」

顔見知り同士だからこそのやりとりといったところか。

そういう空間に、俺は割り込むことなどできずただただ黙っていた。それからは、ファリーさんの案内で森の中を進む。

外からでもその凄さは伝わってきたが、中を歩くと木々の壮大さがヒシヒシと伝わってくる。

植物も、なんとなくだが生き生きしているように見える。

「……」

「えっと、どうかしましたか？　フェリーさん」

「ぴゃ!?　あ、いえ……」

横を歩くフェリーさんの視線が気になり、問いかけるもこちらを……いや、正確にはヴィオレットをちらちらと見るだけで、何も言ってこない。

「フェリーは、可愛いものが大好きなのだ。おそらくヴィオレットを抱いてみたいのではないか？」

「わ、私？」

「そそそ、そんな恐れ多い！　守り神様と同格のお方を抱くだなんて!!　わ、私はただ自分より大きい女性を見たのが初めてだったので、その……」

「はーっはっはっは!!　確かに、フェリーは男から見ても大きい方だからな」

確かに、俺から見ても大きい。

見た感じ、俺より頭半分ほど高いかもしれない。

まあ、ヴィオレットはそれ以上なんだが。

「私なら、いいよ」

「え？」

「いいのか？　ヴィオレット」

「う、うん。信用、してもらいたいから」

ヴィオレットが、自分からこう言うなんて。しかし、ヴィオレットの発言に、フェリーさんは戸惑っていた。なので、俺は。

「大丈夫だそうです」

一度立ち止まり、ヴィオレットを足元に下ろす。

ちょこちょことフェリーさんへと近づき、静かに見上げる。

「い、いいのでしょうか？」

抱きたいけど、恐れ多い。けど抱いてみたい。そんな葛藤をしているのか。表情をふにゃりとさせ、一歩引きながらフェリーさんは問いかける。

「本人が良いと言っているのだ。遠慮などするな。我も抱いてみたが、ほんのり温かい抱き心地だったぞ」

「……で、では失礼します」

シャルルさんの一押しに、フェリーさんはようやく一歩踏み出す。

そっと、壊れ物を扱うように両脇に手を入れ抱き上げた。

「……はわ～。本当に温かいですね～」

まるで、ぬいぐるみを抱くかのように頭に顔をすりすりと押し付ける。

その後は、若干あった壁を乗り越え、道中フェリーさんとは世間話で盛り上がった。

とはいえ、ファリーさんとは全然なのだが。フェリーさんは、元々壁が薄かったからすぐ仲良くなれた。しかし、ファリーさんは今まで会った誰よりも壁が厚い。

シャルルさんは、どうやって仲良く？　なれたんだろうか。

移動中、ファリーさんとの壁を少しでも薄くしようと試みた。

みた、のだが……本当に手ごわい。フェリーさんとは、もうすっかり打ち解けた。これも、シャルルさんとヴィオレットのおかげだろう。

（そういえば、ヴィオレットも最初の頃と比べたら……）

今は、多くの人達と触れ合うことで、最初の頃よりは大分積極性が増した気がする。

あの頃のままだったら、自分から誰かと触れ合おうなどとは思わなかっただろう。ファリーさんとも、時間をかければ打ち解けられる、かな？

「それにしても、森に入って大分経つけど……魔物や獣が襲ってくる気配がないような」

「遭遇しないルートを選んでいるからな。そもそもこの地に魔物はいない」

「それは……凄いですね。魔物がいない場所なんて」

魔物は、どんな辺境の地でも存在する。そう思っていたから驚いた。

他にも、こういう地が世界にはあるんだろうか？　それとも、ここが闇の炎の力によって生まれた地だから、なのか？

「そういえば、シャルルさんは二人と、どうやって知り合ったんですか？」

「おー、そういえば話していなかったな。まあ、我がまだ学園を作る前に、ふらっと、この森に立ち寄ったのだ。そこで、フェリーが我の尻尾を気に入ってしまってな」

「たく、妹を誘惑するとは」

「仕方ないことだ。我の尻尾は最高の触り心地だからな。毎日のケアは欠かさない。仙狐族にとって尻尾は何よりも大事な部位だからな」

容易に想像できる。

さっきも、フェリーさんがシャルルさんの尻尾をめちゃくちゃもふっていたからな。

「止まれ」

森を歩くこと十数分。

特に目的地を聞かずについて来たのだが、ファリーさんが突然立ち止まる。

「そろそろ私達の集落に着く。その前に、確かめたいことがある」

「確かめたいこと、ですか？」

くるっとこちらを向き、弓矢を構える。ま、まさか確かめたいことって……。

「お前が、どれほど強いのか。本当にシャルルが言うほどなのか。その一端を見せてもらう」

「ファ、ファリー！　ヤミノくんは」

「フェリー」

「あう……」

確かに、ファリーさんの言う通りだ。

彼は、俺のことを噂程度にしか知らない。それも本当なのか……ならば。

「炎の力を使うのか？」

「……いえ。これはあくまで俺個人の力を見たいということだと思います。だから」

俺は、腰に装備した長剣と短剣を鞘《さや》から引き抜いた。

「ほう？　長剣と短剣……随分と変わってる」

「こやつは、鍛え方が違うからな。才能もある。他にも、色々と使えるぞ。どうだ！　凄いだろう!!」

「なんで、お前が偉ぶってる」

「友の息子だからな!!」

「意味がわからん。まあいい。……準備はいいな？　〝人間〟」

人間、か。いまだに、ファリーさんは、俺のことを〝ヤミノ〟という個人としては見ていないようだ。

「いつでも」

これから戦闘が始まるということで、シャルルさん達は離れた場所へと移動した。

……相手は、弓矢。でも、腰にはナイフも装備してある。

それに、ここはエルフがよく知る森。

状況的に、俺が不利か。

「では、いくぞ！」

戦闘が始まり、即座に矢を射《う》ってくるかと構えるが。

「上に？」

どういうわけか上に向かって矢を射る。こっちを混乱させる作戦？　いや、違う。

「魔力反応！」

頭上に魔力を感知し、俺は即座に回避行動に入る。

「甘いぞ」

頭上に薄緑色の魔法陣が展開しており、そこへ矢が突き刺さる。

「〈フェアリー・レイン〉」

すると、一瞬にして魔法陣から数えきれない魔力の矢が雨のように降り注ぐ。

「くっ!?」

当たりそうなものを確実に弾きながら、俺はファリーさんとの距離を詰めようと試みる。

「ファリーの奴。いきなり大技を……」

「あわわ!?」

「ヤミノ……」

いつまでも降り注ぐんじゃないかと思うほど続く。

だが、俺もここでやられるわけにはいかない。なんのために鍛えてきたんだ。なんのために、ここに来たんだ……！

「おおおっ!!」

「む？」

抜け道がないわけじゃない。俺は、それを見切り、確実に前へと進んでいく。

徐々に距離が詰まっていくのをファリーさんも気づき、次なる一手へと転じる。

「〈三光の矢〉」

放たれたのは、三本の光の矢。

まずは正面真っすぐ。そして、俺を挟むように左右から向かってくる。

「しっ！」

「おお！」

二本の剣だけじゃ間に合わない。俺は、両足に魔力を纏わせ、くるっと体を捻《ひね》りながら矢を弾き
……ようやく矢の雨から逃れる。

「はあっ!!」

「全ていなしたか……！」

そのままの勢いでファリーさんへ攻撃を仕掛ける。

が、後方へ跳び回避される。

「逃がさない!!」

「〈エアシールド〉！」

魔力を帯びた風、いや空気の壁？　それなら。

「〈魔刃剣〉!!」

「む？」

長剣の刃《やいば》に魔力を纏わせる。単純そうに見えるが、魔力をただ纏うのと異なり、形を変えて纏わせるのは、それなりの技術が必要なのだ。俺が使った〈魔刃剣〉は、対魔法戦闘のために母さんか

ら、まず覚えさせられた技のひとつ。

魔力を刃として物体に纏わせることで、魔法を切り裂くことが可能となる。俺は、ファリーさんが展開した魔力の籠もった空気の壁を切り裂き、追撃とばかりに短剣を振るう。

「待った！」

ファリーさんからの静止の声に、即座に短剣を止める。

……ふう。なんだか久しぶりに熱くなった気がする。

「えっと、どうですか？」

「……まったく。さっきまでの気迫は、どこにいったんだ？」

「あはは。さっきのはつい熱くなってしまったせいで」

「だが、お前の強さはわかった。初手で、あの攻撃を防がれたのは久しぶりだ」

即座に気づかなかったら、ハチの巣になっていたかもしれないんだよな……いきなり、あんな凄い攻撃をしてくるなんて、正直どうかと思う。

そんなに、俺は信用できなそうな奴に見えたんだろうか？

「では、ヤミノくんのことは認めるんだな？　ファリーよ」

「とりあえずは、だ。実力だけ、認めてやる」

「それでも、認めてもらえるなら嬉しいです」

「……はあ。なるほど。駄狐《だぎつね》が気に入るわけだ」

「え？　な、なんのことですか？」

「気にするな。では、改めて。お前の実力を認め、私達の集落へ入ることを許可する。ついて来い。……〝ヤミノ〟」

背を向けたままファリーさんは俺の名を呼び、進んでいく。

「よかったな、ヤミノくん。ファリーが、こんなにも早く誰かを認めるなど、そうはないことだぞ？」

はっはっは、と笑いながら俺の背をばしばし叩いてくるシャルルさん。俺は、二本の剣を鞘に納め、安堵《あんど》の息を漏らした。

◇◇◇◇

ヤミノ達が、フォレントリアへ向かった後。

アメリアは冒険者ギルドにて、ギルドマスターのマルクスと共に各地の冒険者ギルドと今後の計画について話し合っていた。

空間移動の力と冒険者ギルドの情報収集能力を使い、鋼鉄の獣に対して迅速な対応をするために。

「――――では、また進展がありましたら。連絡します」

話を終えたマルクスは、ふうっと一息入れながら、机に置いてある円柱型の魔道具のスイッチを切る。

マルクスが使っている魔道具。

これは、一対一でしか会話ができない遠話魔法を複数人で会話ができるようにする魔道具だ。しかも、脳内会話ではなく魔道具そのものから声が発せられる。

使い方は簡単。予《あらかじ》め会話をしたい者の魔力を魔石に注ぎ込み登録する。そうすることで、魔道具を通じて最大五人までなら同時に会話ができるのだ。

本来、遠話魔法は遠方の者と会話ができる特殊な魔法。

しかし、一対一でしか会話ができない。だが、最近になって天才発明家を名乗る謎の人物が、各地に魔道具をばら撒《ま》き始めたのだ。

いったいどんな目的で、なぜ無償で魔道具をばら撒いたのか。

そして、その発明家はどこに居るのか。

ここ数年、世界中で発明家についての調査が続いているが、まったく進展がない。だが、魔道具の力は本物だ。

ちなみに魔道具の名前は【たくさん喋ろうぜくん】である。

「大丈夫？　マルクスさん」

「ああ、大丈夫だよ。アメリアちゃん。今回の計画は、歴史に残る最大級の計画だからね。それに、一番大変なのは計画の鍵である、君達だ。それに、これぐらいの疲労はいつものことだよ」

そう言って、マルクスは紅茶を飲む。

「ところで、アメリアちゃん。今日は、ヤミノくん達と一緒じゃないんだね。確か、シャルル学園長と一緒にフォレントリアへ行くと聞いたけど」

「うん。本当はいつでも一緒に居たいけど、もしものために残ったの」

「もしも……この街に鋼鉄の獣が現れるかもしれない、てことだね」

マルクスの言葉に、アメリアは頷《うなず》く。

「今のところ、同じ場所に現れたという情報はない。けど、それも時間の問題かもしれないね」

「でも、ちょっと不安なの」

「不安？　君の強さなら、もう証明されたはずだが。うちの冒険者達も驚愕《きょうがく》していたみたいだ」

鋼鉄の獣が出た場合は、アメリアが倒すという宣言に冒険者達も含め、多くの大人達が驚き反対した。

だが、目の前で強さを示した瞬間。

見た者達にアメリアならできるという確信を芽生えさせたのだ。当然、マルクスもその場でアメリアの強さを確認していたので、今の発言に少し疑問を浮かべる。

「……わたしは、元々パパやママのサポート役なの。だから、攻撃はあまり得意じゃない」

「あれで、得意じゃないとは……」

マルクスの脳裏に浮かぶのは、凄腕の冒険者達を触れることなく戦闘不能にさせたありえない光景。

その場から一歩も動かず、紫炎の矢で動きを封じ、降参させた。

可愛い容姿からは想像できない強さを思い出すだけで、今でも苦笑いをしてしまう。

「それに、わたしは」

「アメリアちゃん？」

どこかいつもと様子が違うアメリアに、マルクスは首を傾げる。

「大丈夫かい？」

「え？　あ、うん。大丈夫。なんだか少しぼーっとしてたみたい」

ハッと我に返ったアメリアは、いつも通り可愛らしい笑顔を向けるのだった。


同時刻。場所は移り、リオント戦術学園の敷地内。

「カーリー教官!!」

「あら？　あんた達。どうしたの？　今、次の訓練メニューを考えているところなんだけど」

ありとあらゆる戦いの術《すべ》、知識を教える学び舎《まなや》。学園長であるシャルル・フォースクが、旅の間に出会い、信頼を築いた者達を中心に日々、生徒達と青春を謳歌《おうか》している。

そんなシャルルが信頼している者の一人、カーリー・ゴーマドは一学年を担当する教官の一人。

今日も、訓練メニューを心地よい日差しと風を感じながら考えていると、教え子達が駆け寄ってきた。

「あの噂、本当なんですか!?」

「噂？　あー、もしかしてヤミノのこと？」

一番気にしている魔法使いの少女セナの問いに、カーリーはすぐ察する。

「そう！　あの時、鋼鉄の獣を二人で追い払ったって言ってましたけど。本当はヤミノさんが、一人で倒したとか！」

興奮した様子のセナの言葉を聞き、あの時のことをカーリーは思い出す。

「しかも、一夜にして突然消えた闇の炎。それをヤミノさんが、身に宿しているんですよね？」

落ち着いているが、いつもより声が高いアルス。

「しかも、その闇の炎は妻で、子供も居るってマジなんですか？」

最後に、ビッツがいつも通りの調子で問いかけてくる。

この三人は、以前ヤミノと行動を共にし、鋼鉄の獣とも遭遇した。あの時は、カーリーに秘密にしておくようにときつく言われていたが、今やそれも意味をなさない。

「ええ。全部本当よ」

「マジだったのか……」

「僕は、一度街に出た時に娘さんを見たけど……どう見ても十歳ぐらいだったよ？」

「いや、話では生んだと言うより作られたっていう感じだぞ」

「確か、ヤミノさんって十八歳でしたよね？　そして娘さんは十歳ぐらい……ふ、普通に考えたら一桁の時の子供ってこと!?」

「あははは。そうなるのかしらね」

教え子達との会話を楽しみながら、カーリーは空を見上げる。

突然、息子に娘ができたと言われたあの時――本当に驚いた。

その後に、闇の炎を身に宿した。妻が闇の炎だ。

（本当、驚かない時がないぐらい……）

「で？　今、ヤミノさんは何をやってるんですか？　カーリー教官」

「そうね……新しい家族に会いに、かしら」

カーリーの発言に、三人は目を見開く。

「え？　そ、それって」

「話の流れ的に、他の闇の炎のところへ行ったってことなんだろうけど」

「家族になるの決定なんですか⁉」

「さあ、どうなのかしらね。本人は、そうなるとは限らない！　て言っていたけど」

だが、それでもカーリーはなるんじゃないかと思っている。

今のヤミノは、本当に生き生きとしていて、幸せそうだ。

そんなヤミノを見ていて、カーリーはつい自分のことを考えてしまう。冒険者を引退し、結婚して、子供ができて。友人から、いい働き口を紹介されて幸せな日々を過ごしていた。

だけど、昔と比べればどこか気抜けをしている。

昔は、どこまでも強くなりたい。誰にも負けたくない。ただただ強さを求めていた。

今の生活がだめというわけではない。ただ……あの時、鋼鉄の獣と対峙《たいじ》して、久しぶりに感じた高揚感、緊張感。あぁ、自分はまだこの感情を忘れていなかったんだと実感した。

そして、極めつきにヤミノの圧倒的な力。

それを目の当たりにしてから、教え子達への訓練と平行して個人の訓練メニューを考えるようになった。

（なんでかしらね……もう昔のように、やんちゃできる歳《とし》でもないのに。夫も、息子も居て、命を大事にしなくちゃならないのに。この沸き上がる熱は……）

「教官？　どうしたんですか？」

ずいっと、セナは顔を近づけ様子を窺《うかが》ってくる。

カーリーは、なんでもないわと軽く返事をし、訓練メニュー作りに再び取りかかった。

◆◆◆◆

「ここが、私達の集落だ」

「おお。相変わらずだな、ここは。前来た時と変わっていない」

「馬鹿を言うな。お前が来た時と同じなわけがないだろ。ほら、あそこを見ろ。新築されているだろう」

「……ん？」

「わからない奴だな。石だらけの場所に住んでいるからだ」

「いや、エルフの目が凄いだけだと思うが。そもそも、我だって昔は森の中にある集落に住んでいたのだぞ」

俺達が辿《たど》り着《つ》いたのは、巨大な木々を利用した集落。

その全てが、木材や植物で造られており、リオントと比べても住んでいる世界が違うんじゃないかと思ってしまう。

「ん？　ファリー、フェリー。そっちの人間は」

集落に入ると、一人の男性エルフが問いかけてくる。

「あら？　シャルルじゃない。随分と久しぶりね」

「やあ！　諸君！　天才仙狐ことシャルルさんだ!!」

「なんだ、シャルルじゃないか。もう遊びに来ないかと思ったぞ」

「今日は、なにをしに来たんですか？」

どうやら、ファリーさん以外は、シャルルのことを好意的に思っているようだ。

「大人気ですね、シャルルさん」

「うん。シャルルさんは、この地を訪れてすぐ皆と打ち解けたの。ただ、ファリーとは喧嘩《けんか》ばかりで」

「まあでも、本気で嫌っているわけじゃないと思いますけど」

言葉ではあーだこーだと言っているが、それでも本気で嫌っているようには見えない。

「皆！　聞いてくれ!!　ここに居る人間、ヤミノは、ただの人間じゃない!!　私達の守り神様と同じ闇の炎の力を扱える特別な人間だ!!」

「え？　守り神様を？」

「じゃあ、あいつが今噂になってる？」

見た感じ、ファリーがこの集落のトップなんだろう。

彼の叫びに、次々とエルフ達が姿を現す。

「じゃあ、彼がこの森に来たのは」

「ああ、皆の察する通り。守り神様……闇の炎の力を求めてだ」

「じゃ、じゃあ！　守り神様はいなくなってしまうの!?」

「もしそうだとしたら、俺達は彼を止めなくてはならないぞ」

「だけど待って。ファリーが連れてきたのよ？　なにか考えがあるんじゃない？」

やっぱり、ずっと守り神として信仰してきたんだ。それがなくなるとなれば、エルフ達が俺に敵意を向けるのは当たり前だ。

「ヤミノ。彼女を」

「……はい。ヴィオレット、また頼めるか？」

「うん」

俺は、ファリーさんの言葉に頷き、ヴィオレットをエルフ達の目の前で下ろす。すると、彼女は紫の炎に包み込まれる。

「なっ!?」

「お、大きくなった？」

「ま、待って。あの紫の炎って、まさか」

元の大きさになったヴィオレットの姿と紫の炎を見て、エルフ達はおそらくここの守り神である闇の炎のことを連想しただろう。

よし、ここで俺が。

「皆さんがお祭しの通り。彼女は、闇の炎――その化身です。……俺は、今を守るために、ここの闇の炎に会いに来ました。この地にとって闇の炎がどんな存在なのかは知っているつもりです。だから、まずは、この地の闇の炎と話し合おうと思っています」

「は、話ができるのか？」

「もしかして、彼女のように人の姿になって？」

「いえ。彼女……ヴィオレットが言うには、この地の闇の炎は所謂《いわゆる》休眠状態にあるそうなんです。ですから、人の姿になることはできない」

ここへ来る前に、ヴィオレットが思い出したことを話してくれた。

今、世界中で確認されている闇の炎達は、力を使い果たした状態なのだと。

そんな彼女達は、俺とひとつになることで、ヴィオレットのように自らの意思で行動することができ、徐々に本当の力を取り戻していく。ただ、アメリアのようにどうして子供ができるのか。その辺りは、まだ思い出せそうで思い出せないようだ。

「では、どうやって？」

「闇の炎の中に入って、です」

「炎の中に!?」

「それは、さすがに危険なんじゃ」

「いや、だが彼が本当に闇の炎を操れるなら」

ヴィオレットの時は、精神的に疲れていたせいか、炎の中に飛び込んで、そのまま一体化してしまった。本来なら、炎の中で対話をするのだという。

炎に飛び込んだ後、俺はすぐに意識を手放してしまったが、ヴィオレットは何度か起こそうとしてくれたらしい。しかし、俺の状態がおかしいと察して、そのまま眠らせてくれたのだという。本人も恥ずかしがり屋だったため、うまく会話ができるかどうか不安だったようで、好都合だったのだ。

「とにかく、また炎の中に飛び込んで、ここの闇の炎……エメーラと話し合ってみます！」

「エメーラ？　それは守り神様のお名前なのか？」

「その通りだ!!」

エルフ達の反応が変わりつつある中、シャルルさんが俺の左隣に立ち、森中に響き渡るような声で叫び始める。

「闇の炎達には、我らのように名があり、意思がある！　君らも気づいているだろう。この地が、こんなにも広大で豊かなのは、闇の炎の！　エメーラの意思!!」

「守り神様の」

「意思」

「だが、意思あれど、我らでは会話することすらできない。心から感謝の言葉を贈ろうと、本当に伝わっているかわからない!!　彼女の言葉が聞きたくはないか？」

「守り神様の……エメーラ様の言葉！」

「き、聞きたい！」

シャルルさんの叫びを聞き、エルフ達が沸き上がる。

「ならば彼に。守り神様の夫となるヤミノくんに任せてみないか！　さすればその願い、叶《かな》うであろう!!」

「夫!?」

「ど、どういうことなの？」

衝撃の言葉に、エルフ達は一斉に俺の方へ視線を向ける。

「ちょ、ちょょっとシャルルさん」

「なんだ？」

「手助けしてくれるのは嬉しいですが、まだ夫になるとは」

「はっはっは。なにを惚《とぼ》けたことを。闇の炎と君が一体化するということは、夫婦になることだとアメリアちゃんが言っていたぞ？　それに君ぃ？　なんだかんだで、ヴィオレットとの生活を楽しんでいるのではないか？　ん～？」

耳打ちをしていた俺をにんまりと見詰めながら、シャルルさんは脇腹を小突いてくる。

た、確かに最初の頃と比べると普通に楽しんでいるけど。

「……んんっ。と、とにかく！　俺にチャンスを頂けないでしょうか？」

「ど、どうする？」

「少なくともファリーとフェリーは彼らを信用しているようだし」

「私は、まだ完全には信用していない」

「こらこら。水を差すな、ファリー。ヤミノくんは、ファリーの連続攻撃を防ぎ、一撃を入れた強者だぞ!!」

「あのファリーに!?」

「ば、馬鹿を言うな！　一撃は入れられていない!!」

「一撃はということは、攻撃は防いだってこと？」

「いや！　それは……」

失言だったと、すぐに口を閉じるが、すでに遅かった。

「簡単に防いだ!!」

「シャルル!!」

それからは、エルフ達からもっと信頼されるようにと集落を見て回ることにした。ファリーさんとフェリーさんには、引き続き一緒に行動をしてもらっている。

「それにしても、空気がとても澄んでいますね、ここは」

森に入った時から感じてはいたけど、これもエメーラの影響なのか。どこか神秘的に感じる。

「これも守り神様とやらの力なのか？」

「その通りだ。これほどの森は、他にないだろう」

「……」

「ん？」

視線に気づき、その方向を見てみると……アメリアよりも小さなエルフの女の子が、木の陰に隠れながら、こちらを見ていた。

「あっ」

交流のチャンスだと声をかけようとするも、すぐさま逃げ去っていく。

「……」

思いっきり避けられたことに、少しショックを受けていると、フェリーさんがフォローを入れてくる。

「ごめんね、ヤミノくん。ここに住んでいる子供達は、人間を見るのが初めてだから」

やっぱり、そういうことか……。

「だが、人間のことは教えているのだろ？」

「ああ」

「悪い面ばかり、じゃないだろうな？」

じとーっとファリーさんに、シャルルさんは疑いの目を向ける。

「どうだろうな」

「もう、ファリー。意地悪しちゃだめだよ」

「そーだ、そーだ。そんなんだから友達が少ないんだぞー」

「ふんっ」

「ふ、二人とも……」

一悶着《ひともんちゃく》あった後、集落の探索は続いた。俺達のことを知ってもらおうと、何人かのエルフに話しかけるも、無視されたり、どこか興味がなさそうな反応をされたりと、完全に避けられているといった感じだ。

「本当に、あなたは守り神様と同じなの？」

「え？　あ、うん……そう、だよ」

どうしたものかと頭を悩ませていると、話しかけようとして逃げ去った女の子が、勇気を出して話しかけてきてくれた。

「わぁ、温かい」

それに応えるように、ヴィオレットも勇気を出して、手を差し出すと、女の子はそれを握り締め、明るい表情になる。

「……」

今度は、俺のことをじっと見詰めている。どうしたんだ？　としばらく見詰め合っていると。

「いててっ!?」

その小さな手で、思いっきり両耳を引っ張られてしまった。

「本当に、人間って耳尖《とが》ってないんだね。感触は、わたし達と変わらないのに」

「あ、あはは」

「も、もう。だめだよ、急にそんなことしちゃ。大丈夫？　ヤミノくん」

おそらく赤くなっているであろう俺の耳に触れながら、フェリーさんが心配するように声をかけてくれる。本当に優しい人だな、フェリーさんは。

「だ、大丈夫ですよ」

女の子は、ごめんなさーい！　と言って、またさっさと逃げていってしまった。これをきっかけに、うまくいくか？　と思いつつ、俺は再び集落を探索するのだった。

「はあ……説得ってやっぱり難しいな」

その日の夜。

結局エルフ達は、エメーラとの対話については、一晩考えさせてくれと言って、保留という形で終わった。あの女の子をきっかけに、子供達はそれなりに話しかけてきてくれたけど……。

そんなわけで、俺達は、ファリーさんとフェリーさんの家に厄介になっている。

食事を終え、後は寝るだけとなったが、俺は自分の不甲斐なさに夜空を見上げていた。

「元気出して、ヤミノ」

「ありがとう、ヴィオレット。でもなぁ……」

俺を元気づけるために、柵の上に立っていたヴィオレットが小さな手で両手に触れる。

あぁ、いつ触れても温かいな……特に今日みたいな肌寒い夜はより温かいと感じる。

「どうした、どうした？　しょぼくれた空気で」

夜風に当たっていると、成人男性の頭ぐらいの樽《たる》を持ってシャルルさんが現れた。まさか、樽のままがぶ飲みしているのか？

「シャルルさん……って、結構飲んでますね」

「はーっはっはっは!!　こんな夜は、酒を飲んで体を温めるのが一番なのだよ!!　あ、ついでにヴィオレットを抱かせてくれるか？」

「人の妻を、暖房具扱いしないでくださいよ」

「つ、妻……」

「おーおー、お熱いことで」

シャルルさんは相当飲んでいるようで、顔は赤く、目元はとろんっとしている。

足取りは、しっかりしているようで、真っすぐこっちに移動し、どかっと座り込む。そして、隣に座れとばかりに、床を叩く。

「……今日は、色々とありがとうございます」

ヴィオレットを抱きながら、隣に座った俺は開口一番にお礼を言う。

「気にすることはないぞ。手助けすると言ったのは、我なのだから」

「シャルルさんって」

「ん？」

普段よりどこか色気があるシャルルさんを見て俺は。

「実は、すごく頼りになる人だったんですね」

「なんだとこらー！　失礼だぞ、君ぃ!!!　我は、君達よりずっと大人なんだぞー!!　今年で五百歳になったんだぞー!!!」

「ふふぃふぉふぇん……！」

俺の発言にぐりぐりと樽を擦り付けてくる。

「……まあ、普段の我は自由気ままに生きているし。君とこうして関わるのも初めてだし、そう思うのは仕方ない。大人の！　我が、許してやろうではないか」

「は、はい。ありがとうございます」

なんとか許されたようだ。

「我は、我のできることをしたまで。それに、新しい闇の炎の化身とやらにも興味がある。それには、君が闇の炎のところへ行かなければならない。だろ？」

「行けますかね」

「行けるさ。エルフ達の反応は、距離はあったもののそこまでは悪くなかっただろ？　明日を楽しみにしておくんだ」

「……ですね」

もしだめでも、また頼み込もう。

「ところでー、一緒に飲まないかい？」

「いや、俺は」

「つまらんなー。ヴィオレットはどうだ？」

「わ、私は飲んだことないから、その……」

「なら飲めー！　こういうのも大人の付き合いというやつだぞー!!」

「あわわっ!?」

父さんの酒場で、こういう絡みをしてくる客達が居たな……。

「あーもう！　わかりました！　俺が飲みますから!!」

「お？　よく言った！　妻を守るとは男前だぞ!!　さあ飲めー!!」

「ごばっ!?」

「ヤ、ヤミノ!?」

そ、そんな一気に……お、溺れる！


俺がかなり飲めると知ったシャルルさんは、ものすごく上機嫌になってどんどん俺へと酒を流し込んできたのだ。正直、酒に溺れるかと思った……。

「昨晩は、随分と騒がしかったな」

「あ、ファリーさん。それにフェリーさんも。おはようございます」

「おはよう、ヤミノくん。よく、眠れた？」

「ま、まあ……それなりに」

シャルルさんが眠るまで、俺は寝ることができなかった。

結局、俺に酒を飲ませるだけ飲ませたシャルルさんは満足したかのように眠り、俺がベッドへ運んだ。

随分と酒癖が悪い人だったな……。

「さて、エルフ達は決断したのか。行くか？　ヤミノくん」

「……はい」

気持ちを切り替え、俺達はエルフ達が集まる場所へ赴く。

すでにエルフ達が集まっており、俺達のことをじっと見詰めていた。

「どうやら決まったようだな」

「ヤミノ様」

「さ、様だなんて。普通にヤミノでいいですよ！」

エルフ達の代表とばかりに短髪の男性が前に出てくる。

「いえ、あなたが守り神様の、エメーラ様の夫となられるお方なら、それ相応の敬意を払わなくてはなりません。……我々の答えは、こうです」

ごくりと、俺は喉を鳴らす。

「エメーラ様の下へ、行ってあげてください」

「じゃあ」

「決断したようだな」

「元々、我らはこの森へ勝手にやってきて、勝手に住み、勝手にエメーラ様を守り神として崇めていた。あなた達を止める権利などないんです」

とりあえず、これで闇の炎のエメーラのところへ行くことができる。

「ただ」

「ただ？」

「ひとつだけ。本当にエメーラ様と出会えたのなら、許可を頂きたいのです」

「許可って、なんの？」

「……この森に。住み続ける許可を」

どうして？　と口から言葉が出てきそうになるが、ぐっと呑《の》み込む。

彼らにとってここは、それほど大事で、ずっと住み続けたいと強く思っている。初めて、この森へ入って、一晩過ごした俺でも、居心地がいいと感じたんだ。

何十年。何百年と、住んでいるエルフ達にとっては、もうここが……。

「わかりました。必ず伝えます」

「ありがとうございます!!」

少し時間がかかったけど。俺は争いに来たわけじゃない。

こうやって話し合えるなら、話し合った方がいいんだ。

「では、ついて来い。私が案内する」

「……あっち、ですね」

「わかるのか？」

ファリーさんが案内しようと動くも、俺はそれよりも先にエメーラが居る方へ視線を向ける。

ずっと、ずっと感じてはいた。

ヴィオレットと一緒に居るようになってから、敏感になったのかもしれない。

「とはいえ、森を舐めるな。守り神様のところまでは、私が案内する」

「わ、私も行く」

「うん！　では、行こうではないか!!　緑の闇の炎エメーラの下へ!!」

第六話　怠惰な緑炎は動きたくない

「こら、あんた達《たち》！　だらしないわよ!!　引退したあたしに負けるなんて!!」

「か、勘弁してくださいよ！　カーリーさん！」

「あんたは、A級冒険者だろ？」

「元！　ね。それに、上には上が居る。あたしなんかよりもっと強い連中はたくさんいるのよ!!　それにあんた達は、あたしよりかは、まだまだ成長する余地があるんだから。頑張りなさい!!」

リオントの冒険者ギルド。

そこにある訓練所で、多くの冒険者達がカーリーと戦い疲労していた。最初は、あのA級冒険者カーリーと戦える！　と張り切っていたが、全員ダウン。

引退して十数年が経《た》つにもかかわらず、その技の冴《さ》えは変わらない。いや、むしろ冴えわたっている。

現役冒険者数人を同時に相手して、まったく疲れた様子がない。

「ね、ねえ。なんだかカーリーさん。生き生きしてない？」

「ああ。なんか若返ったか？」

「ま、まさか……元から若々しい人だったし」

「ほーら!!　次、挑んでくる奴《やつ》はいないのかしらー!!」

学園が休みだというのに、体を休めることなくカーリーは動き続けていた。

「カーリー先輩。随分と張り切っていますね」

「あら、マルクス。まあね……最近体が熱くってねー」

「なら、休んだ方がいいのではないですか？」

「こういう時は、動いた方がいいのよ。どう？　マルクスが相手してくれる？」

「ははは。僕は遠慮しときますよ」

「残念。あ、そういえばアメリアちゃんは？　一緒だったわよね」

マルクスに誘いを断られたカーリーは、一息を入れる。それを見た冒険者達は助かった……とホッと胸を撫《な》で下《お》ろした。

「今は、飲み物でも飲んでゆっくりしているはずです。彼女は、人気者ですからね。それにしっかり者。一人でも大丈夫だと思いますよ」

「まあね。本当によくできた子よ。でも、甘えん坊なところもあるのよ？」

「そうなのですか？　僕には、そうは見えませんでしたが」

「あたしには、時々だけど。ヤミノやヴィオレットには、たくさん甘えてるのよ」

「想像できませんね……」

見た目の割にしっかり者のアメリア。

他の者達は、闇の炎の子供だから、普通の人とは違うから、しっかりしているんだと思っているが、それは勘違い。

親に。つまりヤミノやヴィオレットに褒めてもらいたくて頑張っているだけなのだ。その結果、周囲からはしっかり者だと思われているだけ。ちゃんと子供なところもあるのだ。とはいえ、普通じゃないのは確かと言えよう。

「ところで、計画の方は順調？」

「はい。他のギルドも、鋼鉄の獣が現れた場合を想定して動いています。そこに、彼らの能力があれば」

「……とはいえ、まだまだ問題はあるわ」

いくらヤミノ達の力があるとはいえ、無限に使えるわけではない。

数で攻められれば、いずれ使えなくなり……。

「せめて、聖剣や魔剣を使える人が各地に一人はいないと」

「確かに。それは僕も考えましたが……現実的に無理がありますよ」

聖剣や魔剣の類《たぐい》は、素質のある選ばれし者にしか扱えないうえに剣自体の数も少ない。

大量生産をしたとしても、それは間に合わせ。

本物と比べて、切れ味も耐久性も低い。すぐに壊れてしまう。

「そういえば、剣以外にも特殊な武器はあるのよね？」

「ありますよ。僕の知り合いに、魔槍《まそう》を扱う冒険者が居ます」

「魔槍かー。あたしも欲しいー」

同じ槍《やり》使いとして羨ましく思うカーリーであった。

「た、大変だー!!!」

そろそろ再開しようかと、カーリーが背伸びをすると。切羽詰まった声が響き渡った。

「なにかあったみたいですね」

「……行くわよ。マルクス」

◆◆◆◆

「――本当に、湖の上で燃えてるんだな」

「おー、前来た時は見なかったが……これは、綺麗《きれい》だな」

ようやく辿《たど》り着《つ》いた。

森の中にある拓《ひら》けた場所。そこにある壮大な湖の中央に、周囲の緑より美しい色の炎が燃え上がっていた。

「さあ、ここからはお前の仕事だ」

「えっと、あそこまでは」

「我が湖を凍らせて道を作ろうではないか！」

そう言って魔力を練り上げるシャルルさんだったが。

「ま、待って」

ヴィオレットが止める。

刹那。

まるで共鳴しているかのように、ヴィオレットが紫に輝く。俺は、彼女をそっと地面に下ろす。

「炎の道？」

エメーラが誘っているのか。緑色の炎で作られた道が現れる。

「……いってきます」

俺は、ヴィオレットと共に炎の道を歩く。

一歩、また一歩と近づくにつれて、彼女の……エメーラの温かさを感じる。

「ヴィオレット」

「うん」

手を伸ばせば届く距離まで来たところで、ヴィオレットを体の中に戻す。

「よし」

そして、あの時と同じように炎の中に飛び込んだ。

辿り着いた先は。

「炎できた木？」

緑の炎でできた木々が空間に広がっていた。

「って、ヴィオレット？　その姿」

俺の中に居るはずのヴィオレットが、元の大きさで隣に立っているのに気づく。

「ここは、炎の中だから」

「……奥に居るみたいだな」

「うん。私も、感じる。エメーラは、この先に居る」

行こう、と頷《うなず》き進んでいく。

迷うことなどなく、ただただ真っすぐに木々で囲まれた道を進むこと数分。

「誰だよぉ、僕の自堕落ライフを邪魔しようっていうのはー。……って、見知った気配だと思ったけど。ヴィオレットじゃんか。おひさー」

なんかもじゃっとした緑毛の気怠《けだる》そうな女性が、俺達を出迎えてくれた。


「ん。とりあえず草茶ね」

「草茶？　……あ、うまい。もっと苦いかと思ったけど」

「で？　こんなところまで、何をしに来たわけ？　普通の人間じゃないよね、あんた」

想像していた人物像とかなりかけ離れていたので、驚いたが……普通にもてなしてくれた。

何もかも炎で形成されている空間なので、実質炎を飲んでいることになるが、普通にうまい茶だった。

さて、おそらく彼女がエメーラなんだろうけど。

「なにさ？　僕のことじっと見て」

あれだけの自然を作り、エメーラという綺麗な名前から聖母のような女性だと思っていたんだけど……。

まったく違った。

腰よりも長い緑の髪の毛は、手入れをされていないのか大分もじゃもじゃしている。頭上には、ヴィオレットとはデザインが違うが、炎の輪が浮かんでいる。

随分と体よりも大きく、緑炎の森のような絵が描かれているシンプルなシャツを着ており、なんていうか……色々と見えそうだ。ずっと前かがみなので、胸の谷間が……足もかなりむちむちしており、色々目に毒だ。自宅とかに居る分には、こういう恰好《かっこう》はいいのだろうが。

お洒落《しゃれ》にまったく無頓着というわけでもないようで、左の手首に花の装飾品が見える。なんだか、ヴィオレットが付けている花に似ているような気がするけど。

「いや、イメージと大分違っていたから、その」

「ふーん。どんなイメージをしていたのか知らないけど。僕は、ずっとこんな感じだよ。ところで、ヴィオレット。あんた、どうしてこっちに？」

「あ、えっと……その……」

自分達は、その場から動けないことを知っているので、エメーラは気になっているのだろう。ヴィオレットも、そのことを説明しようとしているが、俺のことをちらちらと見ているだけで中々説明しようとしない。

まあ、考えていることはなんとなくわかる。

「じ、実はね！」

勇気を振り絞り、ヴィオレットは説明を始める。

「――――は？　待って待って。なにそれ？　冗談？　妻になった？　人間の？　で、人間が僕らの力を操れる？　……うん。作り話にしては面白い！」

「ち、ちがっ」

「けどさー。作り話にしても、人間と夫婦になったなんて。……で？　本当はどうなの？」

「だ、だから。本当に……！」

やはりというかなんというか。

そう簡単には信じてはくれないようだ。それしても……なんだかヴィオレットが、いつもよりゆるいって言うか。気兼ねなく話せているように見える。

「ねーねー、人間さんや。本当のところどうなん？」

「全部本当としか」

「ちょいちょーい。あんたまで、そういうこと言うの？　じゃあ、なんか証拠を見せてよ。しょーこ」

証拠か……。

「これで、どうだ？」

いまだ信じていないエメーラに、俺はヴィオレットの炎を手の平に灯《とも》す。

「え？　ちょ、マジ？　ヴィオレットが、人間の手の平に灯しているとかじゃなくて？」

「だ、だから本当にヤミノは私の力を使えるの。そ、それに……」

「それに？」

「こ、子供も居る……!!」

「………あー、うん」

人間である俺が闇の炎を扱えているという現実を目の当たりにし、衝撃を受けているところへ子供が居る宣言により、エメーラは思考を停止したかのように呟《つぶや》く。

気持ちを落ち着かせるためか、草茶をずずっと飲み、また沈黙する。

「……ふっ。ヴィオレットは、僕と同じで陰なる者だと思っていたんだけどなぁ。ははは――、そうかー。結婚をして、子供までできちゃったのかー。うへへー」

天を仰ぎながら淡々とエメーラは呟く。

予想外の反応に、ヴィオレットはどうしようと慌てふためている。まあ、久しぶりに会った親友？　がいつの間にか子持ちになっていたら……誰だって驚く。

俺がエメーラの立場でもそうなるだろう。

「……」

「エメーラ？」

無言のまま立ち上がり、エメーラはこちらへ移動する。

そして、徐《おもむろ》にヴィオレットの膝の上に座り込み、両腕を包み込むように自らの体へ寄せた。

「これが……人妻の温《ぬく》もり。ぬくい……」

「エ、エメーラ。大丈夫？」

「大丈夫大丈夫ー。いや、本当は大丈夫じゃないけどさー。僕らは変わらないって思ってたけど。

変わっちゃうもんだね……」

く、空気が重い。なんか普通に結婚報告をしに来たみたいになっているんだが。

「で？　あんたらは、陰なる僕にいえーい結婚して今幸せでーすってわざわざ言いに来たわけ？」

ヴィオレットに体を預けたままで、エメーラはぐるんっと俺へ顔を向ける。

こ、これは完全に気落ちしている。心なしか、目に光が灯っていないような……。

数少ない友達が離れていったかのような気持ちになっているに違いない。いや、絶対そうだ。

「精神的にダメージを負わせるつもりだったのなら大正解だよ。僕、過去一の動揺してる」

「ご、ごめんね？　エメーラ。別にエメーラを虐《いじ》めに来たわけじゃないの」

「え？　違うの？」

誤解を解こうとヴィオレットは必死に言うが、どうにも信じてくれていない反応だ。

「え、えーっとだな。実は、世界を守るために闇の炎の力が、どうしても必要なんだよ」

俺も、この重い空気をどうにかしようとエメーラのもとを訪ねた目的を口にする。

「へー。それで？」

「だ、だからエメーラにも、協力してほしいなと」

「へー、僕に。で？」

「あー、その……力を貸してくれないか？」

「…………ん？　それって、つまりあんたは僕の力を使いたいってこと？」

「そういう、ことになるけど」

あれ？　思ってた反応と違う。なにか考え事をしているようだが。

「ヴィオレット」

「な、なに？　エメーラ」

「こいつが、僕の力を使うってことは……つまり、どういうこと？」

「えっと、ヤミノと一体化するってこと。私も、ずっと動けないでいたけど。ヤミノと一体化したおかげで、ここまで来れたの」

精神的にダメージを負っているエメーラを元気づけるかのように優しく頭を撫でながらヴィオレットは説明する。

「そ、それと」

「それと？」

「エ、エメーラも……ヤミノの……お、お嫁さんになるってこと」

「…………僕が？」

あ、目に光が灯った。

「こいつの？」

そして、こっちを見た。

「じゃあ、もしかして僕にも子供ができちゃう、とか？」

「た、たぶん」

「たぶんってなにさ」

その辺に関しては、まだ曖昧というか。よくわかっていないんだ。この反応から、エメーラもどうして子供ができるのかわからないみたいだし。

「それにしても、お嫁さんねぇ。なに？　まさか、僕ら全員を娶《めと》ろうとか考えてるわけ？」

「そ、そんなつもりはない！　ただ結果的にそうなるっていうか……俺にもどうしてそういうことになるのかわかっていないっていうか」

「ふーん。……でもまあ、なんだかヴィオレットは幸せそうだし。夫婦生活ってのは悪くないみたいだね」

むくりと起き上がり、エメーラは頭を掻《か》く。

「さて、どうしたもんかねー」

さすがに即答はしてくれない。それはわかっていた。

「僕は、ずっと寝転がって、自堕落な生活を送りたいんだよね」

「ヤ、ヤミノの中でならできるよ」

「ほー？　居心地いい？」

「う、うん！」

「ふーむ。居心地いいうえに、ヴィオレットと一緒……あ、でも今後他の連中も増えると考えれば……」

もの凄《すご》く考えてる。見た感じ、ヴィオレットとは普通に仲良しみたいだけど。他の闇の炎達とはそこまで仲良くないのか？

「ん？」

「この気配って……まさか！」

エメーラの返事を待っていると、感じたことがある気配に気づく。

「……もしかして、こいつらがあんた達が言ってた敵？」

どうやら外の様子を見ることができるようだ。

エメーラは、炎を正方形に形どった。そこから見えたのは、王都へ向かっていたあの飛行型の鋼鉄の獣が数体に……新型か？　全体的に細く、敏捷《びんしょう》重視ってところか？

最後に。

「人間？」

顔のない面を被《かぶ》った人が、まるで鋼鉄の獣を従えているかのように立っていた。

◇◇◇◇

「うーん。まだ出てこない」

「まだ数分しか経っていない。お前は、短気過ぎる」

「君にだけは言われたくはないぞ。ファリー」

「私が短気だと？」

「少なくとも、我よりは短気だ」

「ふ、二人とも。喧嘩《けんか》はだめだよ……！」

ヤミノとヴィオレットが闇の炎エメーラの中に入ってから数分。

すでに、炎の道は消えており、いつもの光景が広がっていた。

二人が戻ってくるまで、特にやることがないシャルル、ファリー、フェリーの三人は、ただただその場で待っていることしかできない。

「しかし、本当に炎の中に入っていくとは」

木に背を預けたままファリーは、湖に浮かぶエメーラを見て呟く。

「我も実際目の当たりにして驚いている。聞いた話だが、ヴィオレットの時はパンツ一丁で炎の中に飛び込んだらしい」

「パ、パっ!?」

「馬鹿なのか？」

「その時、ヤミノくんの精神状態は普通ではなかったようだ。そして、気が付いたら闇の炎は消えていて、子供が生まれていましたー」

シャルルの言葉に、ファリーとフェリーはわけがわからないと顔を顰《しか》める。

「じゃあ、ヤミノくんがエメーラ様から出てきたら、また子供が生まれるってこと？」

「守り神様の子か……」

「なんだ？　気になるのか？」

「気にならない方がおかしい。お前は気にならないのか？」

「気になる！　いやぁ、アメリアちゃんはとってもいい子だからなぁ。今度はちょっと手のかかる子なんてのもいいかもしれない」

「お前の願望が届くはずがないだろ」

刻々と時が過ぎていく中、他愛《たわい》のない話をして過ごしていた。

ふと、ファリーが空を見上げる。

すると……なにやら空を飛んでいる複数の影を目にした。

「あれは」

「む？　こっちに向かってきているようだが」

「鳥？」

「……普通の鳥ではないようだな」

ぐっと、フェリーは弓矢を構える。

「どうやら、そのようだな。それに……森の中からも」

シャルルも異変に気づき、警戒心を強める。

空を飛んでいたのは、翼を持ちし鋼鉄の獣。そして、森の中からは全体的に細長く、猫背な鋼鉄の獣と仮面の人間が姿を現した。

「なんだ貴様！　この森が、どういう場所かわかっているのか!!」

いつでも射れるように、仮面の人間へ弓矢を向ける。

顔がないのっぺりとした仮面を被り、全体的に茶色い服を身につけている。どこか貴族のような雰囲気を醸し出しながら、シャルル達に顔を向けていた。

『さあ、行け』

静かに右手を突き出し、鋼鉄の獣へ指示を送る。

すると、鋼鉄の獣は一斉にシャルル達へ襲いかかってきた。

「問答無用というわけか！」

「わかりやすくて、こちらも助かる！　〈シルフィード・アロー〉!!」

風魔法を纏《まと》った矢が猫背の鋼鉄の獣へ飛ぶ。貫通力のある魔法の矢だ。まともに食らえば、風穴が空くだろう。

ガキィン!!

が、鋼鉄の獣は、まったく回避する素振りを見せなかった。

まるで普通の矢が鎧《よろい》に阻まれたかの如く、魔法の矢が弾《はじ》かれた。弾かれた矢は、そのまま地面へと螺旋状《らせんじょう》の痕を残して静止した。

「くっ！　噂《うわさ》通り硬い!!」

「ならば!!」

ファリーに続き、シャルルが手の平から冷気を生み出す。

「〈仙氷波〉!!!」

激しい冷気の波動が襲いかかる。

「凍るがいい!!」

しかし、無意味だった。

冷気の波動は当たることなく、跳躍で回避されてしまう。そして、そのまま空中で体を回転させ、シャルル達へ攻撃を仕掛ける。

「くっ！」

なんとか回避するも、跳んだところを狙って飛行型がシャルル目掛けて突撃してくる。

「この！」

ぐるんっと体を捻《ひね》る。

高速で突撃してきた飛行型は、そのまま木に激突。うまい具合に嘴《くちばし》が突き刺さり抜けなくなったようだ。

「チャンス！」

身動きが取れないところへ魔法を放とうとフェリーは構える。

「フェリー！　避《よ》けろ!!」

「え？」

ファリーの叫びに気づくも、僅かに遅かった。

「きゃあ!?」

「フェリー!?　くっ！　貴様、よくもっ!!」

鋭い爪が、背後より襲いかかる。

致命傷は避けたようだが、フェリーは背中から血を流し倒れてしまう。

「……やはり、我らの攻撃がまったく効いていないようだ」

「だとしても、何もしなければ虐殺されるだけだ」

怪我《けが》を負い、身動きが取れなくなったフェリーを庇《かば》いながら戦うシャルルとファリーだったが、攻撃が通用しないため、じりじりと追い詰められていく。

『ふむ。耐久性は問題なし。敏捷性も向上……』

「なんだあいつ。ぶつぶつと」

「まさか、我らを使って何かをしようとしているのか？」

攻撃は回避できるが、こちらの攻撃が一切通用しないため勝ち筋が見えない。このままフェリーを担いで逃走したとしても、いずれは追いつかれる。

なにより、攻撃対象をフォレントリアに住むエルフ達へ向けられる恐れがある。

もし、この窮地を脱せられるとしたら。

(ヤミノ。さっさと戻ってこい……！)

『君達は、相当の実力者のようだ。さあ、もっと足掻《あが》いてくれ。簡単に死んでくれるなよ？　それでは意味がないのでな』

「言ってくれるじゃないか、のっぺり仮面」

完全に、自分達では鋼鉄の獣に勝てないと、馬鹿にされている。

シャルル達は、仮面の人間の言葉に静かに闘志を燃やす。

「ならば、我も本気を出させてもらうぞ!!」

すると、シャルルの尻尾《しっぽ》が一本から二本へと増加した。

「そいやぁ!!」

とんっと、軽く地面を蹴ると瞬間移動したかのように一体の飛行型へと近づき、そのまま上空へと蹴り上げる。

『ほう？　まさか蹴り上げるとは。それに魔力量が跳ね上がった……』

「我が奥義！　受けてみるがよい!!」

そのまま空を蹴り、蹴り飛ばした飛行型の頭上を取る。

「ばっ!?　森を破壊するつもりか!?」

シャルルがこれから発動させようとする技を知っているファリーは、止めようと声を上げるも、すでに遅かった。

「奥義!!　〈炎狐《えんこ》蹴落撃〉!!!」

真っ赤な炎を纏い、飛行型へ強烈な蹴りを叩《たた》き込む。

ドゴォンッ!!!

森中に響き渡るほどの轟音《ごうおん》を鳴らし、飛行型は地面へと叩きつけられる。姿が見えなくなるほどのクレーターが出来上がる威力。B級以上の魔物であれば跡形もなく倒すことができるほどだ。

「はっはっはっはっは!!　どうだ!?　我が奥義のひとつ!!　紅の流星と称される我が技は!!」

地面に着地したシャルルは、仮面の人間へと叫ぶ。

「この駄狐《だぎつね》……!」

「まあ許せ、ファリー。だが、さすがの鋼鉄の獣だろうと倒すことが」

『見事な攻撃だ。だが』

「む？」

『無意味だ』

砂煙の中から、影が飛び出す。そいつは、シャルルの奥義をまともに食らい、地面に叩きつけられた飛行型だった。

そして、その体には……傷一つ付いていない。自慢の奥義を直撃させ、傷一つすら付いていない異様な光景を目の当たりにしたシャルルは、表情を歪《ゆが》ませる。

「化け物め……！」

久しぶりに身震いをした瞬間だった。


「……あれが、ヤミノが話してた飛行型ね」

「軽く二十体はいますね」

リオント警備隊からの報告を受け、カーリーとマルクスは急ぎ北門の高台から望遠鏡で、遠くの空を確認していた。

目に映ったのは、王都を襲おうとしていた飛行型の鋼鉄の獣。

着々とリオントへ向かっていた。

「それに……あいつは」

そのまま地上の方へと目を向けると、見覚えのある鋼鉄の獣が一体。

「まさか、また見ることになるなんてね。でも、あの時の奴よりちょっと大きいかしら？」

嫌と言うほどに実力の差を思い知らされた相手。少し、体が大きいように見えるが、間違いないとカーリーは静かに闘志を燃やす。

「トルツ警備隊長。いかがいたしますか？」

「直ちに装備を整えるんだ！　相手は、世界を騒がせている敵だ!!」

「はっ!!」

リオント警備隊を束ねる男、トルツ警備隊長は、一人の兵士に指示する。

兵士は、すぐにその場から離れていく。

「……とはいえ、勝てるかどうか。いかがする？　マルクス殿」

戦う準備はするが、相手は聖剣や魔剣などの特殊な武器でないと傷をつけられない相手。

一般的な武器や魔法で攻撃しても意味がないことはすでにわかっている。

「心配には及びません。僕達には、彼女がついていますから」

そう言ってマルクスは、アメリアを紹介する。

「彼女は、確か闇の炎の」

「ええ。闇の炎ヴィオレットの子であるアメリアちゃんです。彼女の炎であれば、鋼鉄の獣に対抗できる。しかし」

「……数が多いわね。大丈夫かしら。アメリアちゃん」

アメリアは、じっと近づいてきている鋼鉄の獣達を見詰める。

「飛行型なら、わたしの今の火力でも倒せる。でも、地上のは」

「難しい？」

「……炎を収束させて、一気に解放すれば倒せるかも」

「では、まず飛行型を迅速に倒し、残った地上の敵は」

「我々でなんとか時間を稼ぎ、アメリア殿の炎で倒す。ということですかな？」

ヤミノとヴィオレットが居ない現状では、それが最善策。

作戦が決まったところで、門前で待機していた冒険者達にマルクスは指示を出す。

今は、北側にしか敵はいないが、もしもということもある。

冒険者達は、人数を半分にし、もうひとつの出入り口である南門へ向かった。

「カーリー先輩。トルツ警備隊長。ここはお任せします」

「了解です」

「んー!!　よし！　アメリアちゃん。まずは、空の敵をよろしく！」

そう言って、カーリーは【赤剛槍《せきごうそう》】を携え他の冒険者達と共に北門から出ていく。

「カーリーさん！　あいつと戦ったことがあるんですよね？」

「ええ」

「どう、だったんですか？」

飛行型がアメリアの炎の矢で焼き貫かれている中、カーリーは初めて鋼鉄の獣と遭遇した時のことを思い出す。

引退し、長く命の危険を冒す戦いに身を投じていなかったとはいえ、体と技は衰えないように鍛えていた。

だからこそ、勝てないにしろ足止めぐらいならできると思っていた。

が……実際はこれまで鍛え上げた技がまったく通用せず、追い詰められた。

(もし、あのままヤミノが助けに来てくれなかったら、あたしは今頃……)

獲物を見つけ突撃してくる地上の鋼鉄の獣を見て槍を掴《つか》む手に力が入る。

「あんた達！　無理だと思ったら、退避すること!!　今回は、攻撃の要であるアメリアちゃんを全力でサポートする作戦！　勝とうなんて考えるんじゃないわよ!!!」

飛行型は、空を飛び、機動力を重視しているためか耐久度は他より低いようだ。

カーリー達が移動している間に、全て倒されてしまった。

「おお！　本当に倒してしまうなんて！」

「実際にとんでもない力を感じたけど、いったいどこから」

「てか、あんな硬そうな奴が空を飛んでいるって……これじゃおちおち街でゆっくりできねぇぞ」

作戦通り、アメリアにより飛行型は全て倒された。

今は、地上の敵を倒すために力を収束させている頃だろう。

「さあ、あんた達！　ここで食い止めるわよ!!」

「や、やってやる！」

「足止めなら氷漬けにすれば解決ね！」

「そういうことなら、土壁で囲んでやるさ!!」

今回は、足止めが目的だ。

そのため、魔法使いを、特に足止めができるような魔法を会得している冒険者達を多く編成した。

そして、前衛は盾で守るより、動きの速さで回避しながら攻撃を誘う作戦でいくことになっている。

「前衛！　攻撃は最小限！　ただ攻撃を誘って回避することだけを考えなさい！　その間に、魔法部隊！　足止め用の魔法の準備を!!」

「「「了解!!!」」」

カーリーを先頭に、前衛部隊は突撃する。

同時に、魔法部隊は魔力を練り上げ始めた。

「あの爪に注意!!　当たったら鎧なんてあっさり切り裂かれるわ!!」

「ひえ……」

「絶対当たるかぁ……！」

まずは手始めとばかりに右の爪を振り下ろしてくる。

それを、まず回避し、前衛部隊は三つに分かれる。

中央は、カーリー。左右は他の前衛。円陣を組むようにし、前に進ませないようにする。攻撃をしてきたら、それを回避し、挑発をして攻撃を誘い、また回避。

それを繰り返し、魔法が発動できるようになったら一度距離を取る。

「魔法!! いけます!!」

「よし! 前衛! 一度退避!!」

「りょ、了解!」

「うお!? あ、あっぶねぇ……!」

図体《ずうたい》の割に、動きが速く、前衛部隊も本当にギリギリのところで回避できていた。

魔法部隊の準備が整ったところで、カーリーの声で一斉に後方へ跳ぶ。

「〈アイス・ストーム〉!!!」

「〈アース・ウォール〉!!!」

まずは、氷系統の魔法で凍らせ、土系統の魔法の壁で周囲を覆う。

二重の壁により、緊迫していた戦場に沈黙が訪れる。

「と、止まった?」

「さすがに、今ので倒せてたりは」

次の瞬間。

「皆! 構えて!! 破られるわよ!!」

激しい轟音を鳴り響かせ、中から鋼鉄の獣が姿を現す。

「普通の魔物なら、凍らせるだけでもいいのに……」

「なんて厄介な敵なんだ!?」

「泣きごと言わない!! 今は、アメリアちゃんの準備が整うまで全力で足止めをするのよ!! ……とは言ったものの」

再び、その牙が、爪が襲いかかってきた。

こうして対峙《たいじ》していると、あの時の悔しさが自然と込み上げてくる。それと同時に、カーリーは冒険者だった頃を思い出した。

どこまでも強さを求めて、ただただ強敵を求めて世界中を旅していた。

だが、現実を思い知らされた。

上には上が居る。そして、限界があると。

(だから、あたしはシャルルの助言で、しばらくリオントを拠点にして冒険者稼業をする合間に、学園で教官をするようになった。そこから、何かを得られるかもしれないって)

「ぐあぁ!?」

「大丈夫か!?」

「お前達は下がれ! 大丈夫だ、傷は浅い!! すぐに回復を!!」

リオントを拠点としてしばらく過ごしたカーリーだったが、結局自分はすでに限界だったのだと思い知らされただけ。

その後、先の人生を考えていた中、行きつけの酒場で今の夫であるタッカルから猛烈なアタックを何度も受け、付き合い、結婚をして子を授かり、強さを求める貪欲さはなくなってきていたのだ。

(準備できたよ!!)

そろそろ冒険者達も限界が近かった。だが、なんとかアメリアの準備が整いカーリーの脳内に声が響き渡る。

「皆!! 退避!! 凄いのが来るわよ!!!」

「よ、ようやくか!」

「終わらせてくれー!!」

冒険者達が逃げるように鋼鉄の獣から離れると。

「な、なんだ!?」

「周りに円状の炎が」

鋼鉄の獣を囲むように、巨大な炎の魔法陣が出現する。

異変に気づくも、すでに遅い。

一斉に、巨大な紫炎の矢が体を貫いた。

「おっしゃあ!!」

「これで終わりね!!」

体中に複数の穴が空き、紫炎に焼かれ、膝をつく。

その姿を見て、多くの冒険者達が倒したと。勝利を確信した。

◆◆◆◆

「む？　見ろ！　我の攻撃で傷ついたぞ！」

「いや、どう見ても汚れがついているだけだ」

「くう……！　本当に厄介な相手だ。我、そろそろ疲れてきた」

「弱音を吐くな。私達が、ここで倒れたら、森に住む同胞達に被害が及ぶんだぞ」

「わかっている。ちょっと言ってみただけだ。……だがな。こうも攻撃が通用しないと精神的にくるものがある。我が奥義を叩き込んでも、びくともしないとは。こうなったら、一気に尻尾を」

『……この気配は』

「そこまでだ!!」

シャルルさん達を助けるため、一度エメーラとの対話をやめて、外へ出てきた。

相当追い込まれていたようで、状況を変えるため、上空の敵を矢で撃ち落とす。紫炎の矢が命中した鋼鉄の獣は、そのまま湖へ落ち、光の粒子となって四散する。

ん？　四散した粒子を仮面の人間がなにか道具を使って回収してる？

「お待たせしました！」

「おお！　待っていたぞ、ヤミノくん！　で？　エメーラとは……見た感じ、まだみたいだな」

「はい。その前に、敵の気配を感じて」

シャルルさんとファリーさんには、目立った外傷は見られない。だけど、フェリーさんは背中に大きな怪我をしている。

「ファリー。今の内に、フェリーの傷を」

「わかっている」

俺の登場で、敵は攻撃を一旦止めた。

鋼鉄の獣達は、仮面の人間の周囲に集まっている。その隙を利用して、ファリーさんはフェリーさんに回復魔法をかけた。

「……お前が、そいつらを操っているみたいだな」

『その通り。ちなみにお前達が鋼鉄の獣と呼ぶこいつらの総称は、鋼鉄の獣。今後は、そう呼ぶように』

「随分と親切じゃないか。ついでに、お前達の正体と目的も教えてくれるか？」

シャルルさんは、完全に馬鹿にされていると思ったのか。仮面の人間を睨《にら》みつける。

『それは無理だ。そもそも、なぜお前達に教えなくてはならない』

「そいつらの総称を教えたのはなんだったんだ？」

『変な名前をつけられでもしたら目も当てられないからな』

「なら、今からお前に変な名前をつけてやろう！　この、のっぺり鉄仮面がぁ!!」

「シャ、シャルルさん落ち着いて……！」

相手の馬鹿にしたような態度と自分の攻撃がまったく通用しないことが重なり、かなりイライラしている。ファリーさんは、まったく……と若干呆《あき》れた様子だ。

『まったく。お前達の低俗さには呆れる。さて、役者も揃《そろ》ったところで再開しようか』

パチン！　と指を鳴らすと鋼鉄の獣――鋼鉄の獣達が動き始める。

「シャルルさん達は、援護を頼みます！」

「わかっている！　それより、ヤミノくん！　森を焦土と化すなよ？」

「わかっています!!」

そのために訓練してきたんだ。

それに、この森なら多少の炎じゃ燃えない。外に出る前、エメーラが言っていた。この森は、エメーラの力でできた森。

たとえ、同じ闇の炎でも簡単には燃えないと。

ならば。

「まずは、邪魔な飛行型を一気に倒す!!」

紫の炎が、左手から燃え盛り弓へと化す。

「アメリアのサポートがなくても……！」

今までは、アメリアの火力調整、空間操作によりあっという間に倒せていた。だが、今回はそれがない。

（ま、任せて！）

刹那。

少し大きいが、飛行型の数だけの矢が出現する。

「ありがとう！　ヴィオレット!!」

正直、今の俺より早く炎の矢を生成できている。

「そこだ！」

生成された炎の矢を一気に放つ。

一体、二体、三体と射抜くが、何体か外す。

(逃がさない！)

しかし、すぐに空間転移の円を出現させ、炎の矢で残りの鋼鉄の獣を射抜いた。

草木が生い茂る場所に燃えたまま落ちるも、エメーラの言っていた通り森が燃えている気配はない。

「おお!! 我らが苦戦した相手をこうもあっさり倒すとは。というか、援護いらなかったのではないか？」

「あはは、すみません。さて……後は」

飛行型を全部倒した後、俺はいまだ動かない猫背の鋼鉄の獣と仮面の人間へ弓矢を向けた。

◇◇◇◇

リオントの街から、さほど離れていない平原地帯。そこで繰り広げられていた戦いは、時間にして十分にも満たなかっただろう。

しかし、一撃で死という緊迫した空気により、一時間以上も戦っていたような錯覚を起こしていた。

「た、倒したんだよな？」

「あれだけの攻撃を受けたんだ。もう動けないって」

「はー……死ぬかと思った」

目の前で燃え続けている鋼鉄の獣を見て、冒険者達は、心の底から安堵《あんど》の息を漏らす。

「……いや、待って」

だが、一度対峙したことがあるカーリーだけは槍を構える。

あの時は、跡形もなく消えた。

が、目の前の鋼鉄の獣は形を残して燃え続けている。

「動く……！」

紫炎に燃やされながらも、動き出す。

完全に倒しきれていなかったのだ。

「あんた達！　逃げなさい!!」

「え？」

間に合わない。

よほど疲弊していたのか。カーリーの声に反応するも、体が動かないようだ。

「うわああ!?」

しかし、直撃する寸前で冒険者達の姿が消える。

「アメリアちゃん!!」

「ふう……間に合った」

いつの間にか前線へ来ていたアメリアにより、転移させられたようだ。

「ごめんね。倒しきれなかった」

「いいのよ。ところで、あとどれくらい力残ってる？」

「さっきと同じ大きいのを放つなら時間がかかる。それに、これで終わりかどうかわからないから、あまり力を使いたくない、かな」

アメリアの言う通り、これで終わりかどうか。

もし、この後に油断させたところへ第二陣が現れたら……。

「だからね、カーリーさん」

「もう。おばあちゃんでいいって言ってるでしょ？」

「……カーリーおばあちゃん。今から炎を灯すね」

そう言って、カーリーの背中に触れた。

アメリアの言葉を聞き、やってやりますかと敵に向き直る。

「本当にやるのね。まあでも、もしできるなら戦力アップになるけど」

「できるよ。炎は燃え広がる。たとえ、小さくても、次へ、また次へと……」

地面に豪快に突き刺さった爪を引き抜いた鋼鉄の獣が、咆哮《ほうこう》と共にカーリー達へと襲いかかろうと迫る。

「カーリーさん！　アメリアちゃん!!　危ない!!!」

なんとか進行を防ごうと魔法使い達が、魔法で壁を作るが、次々に突き破られていく。

「感じる？　パパの……ママの……わたしの炎を」

「ええ、感じるわ。今までにないぐらい、体が熱い……」

ぐっと槍を握る手に力を込める。

体の奥から、本当に炎が燃えているかのように熱くなっていく。

「呼び覚ませ。絆《きずな》の炎」

温かい。だが、とてもとても力強い意思を感じる。今まさに、新たな炎が灯った。

「カーリーさん!!!」

すぐ目の前に敵が迫ってきている。もう間に合わない。

冒険者達の叫びが響き渡る中、鋼鉄の獣の凶爪《きょうそう》が振り下ろされる。

「カ、カーリーさん？」

「間に合わなかった……」

二人ともやられてしまった。冒険者達は、誰もがそう思い血の気が一気に引く。

「こっちよ!!!」

静寂に包まれる大地に、響き渡るカーリーの叫び声。砂煙が徐々になくなっていき、その光景が冒険者達の視界にはっきりと映る。

紫の炎に燃える鋼鉄の獣の左腕が切り離されており、地面に突き刺さっていた。

「ふう……危ない、危ない」

それをやってみせたのは、カーリーだった。槍先に紫の炎を纏わせ、冷や汗を拭いながら、鋼鉄の獣を睨む。

「アメリアちゃん。個人的な都合で悪いけど……ここからは、あたし一人でやらせてもらえるかしら？」

「うん。頑張ってね、カーリーおばあちゃん。なるべく火力は上げたけど……長くはもたないよ」

「ええ。わかってるわ。速攻で……終わらせる!!」

左腕を切り飛ばされても、怯《ひる》むことなく残った右腕を振り下ろしてくる。

カーリーは、それを難なく回避し。

「────」

紫の炎を纏った【赤剛槍】で、右腕も切り裂いた。

「す、凄い！」

「負傷しているとはいえ、あの化け物を圧倒してるぞ……！」

「というか、カーリーさん。あれ、闇の炎を操ってないか？」

「た、確かに。闇の炎って、ヤミノくんしか扱えないはずじゃ」

冒険者達が驚く中、カーリーは、後方へ跳び呼吸を整える。

アメリアの協力により闇の炎を扱えるようになったものの、本来はここまでの火力は出せない。

今は、一時的にアメリアに火力を無理矢理《むりやり》上げてもらっているのだ。

ゆえに、体の疲労感は尋常なものではない。呼吸するだけで、腕を動かすだけで、いつも以上に体力を、精神力を削られていく。

「さあ、決めるわよ！」

両腕を失った鋼鉄の獣は、カーリーを噛《か》み砕《くだ》かんと迫ってくる。

「カーリーさん!?」

カーリーは、敵の体に渦巻く炎の渦のようなものを見た。

「〈剛破紅蓮槍《ぐれんそう》〉」

相手が攻撃するよりも早く、紫の炎を纏いし槍を構え、大地を蹴り、突貫する。

元々アメリアから受けていた炎を巻き込んで、より巨大な炎となり鋼鉄の獣を焼き貫いた。

「……」

体に巨大な風穴が空き、完全に動きが停止した。

「あっ、見て！　体が！」

「崩れていく……ってことは！」

先ほどと違い、体が光の粒子となって四散していく。そんな光景を見た冒険者達は、ぐっと拳を握り締める。

「今度こそ終わったー!!」

「すげぇよ！　すげぇよ!!　カーリー先輩!!!」

沸き上がる歓声を聞きながら、緊張の糸が切れたかのように、カーリーは、そのまま地面に倒れ込む。

「──あー!!!　怖かったー!!!　色んな意味で怖かったっ!!!」

「体の方は、大丈夫？」

「ええ、大丈夫よ」

本当は、逃げ出したいほど怖かった。心臓が激しく鼓動し、張り裂けそうだった。

「……凄い達成感」

倒せた。最初に出会った時は全然敵《かな》わなかった相手を、瀕死《ひんし》の状態とはいえ……倒せた。

「本当に使えるなんて……ふふっ」

「だから言ったでしょ？　カーリーおばあちゃんだったら大丈夫だって」

天使のような笑みを向けるアメリアを見て、カーリーは釣られて笑みを零《こぼ》す。

「ええ。本当だったわね」

右手に握られていた【赤剛槍】を見ると、炎の力に耐えられなかったようで、塵《ちり》となって崩れていった。冒険者時代を共に戦ってくれた武器。ずっとずっと傍《そば》に居てくれた相棒に、カーリーはありがとうと感謝の言葉を送った。

「はー……この疲労感……久しぶりだわ」

以前、鋼鉄の獣と戦った時の疲労感とはまったく違う。今、カーリーが感じている疲労感は、とてもとても……気持ちが良い疲労感だ。

「今頃、ヤミノ達も頑張っているわよね」

「うん。感じる。パパとママは……戦ってる」

「そう。……頑張んなさいよ、ヤミノ」

◆◆◆◆

「ん？　この感覚は……」

「どうかしたのか？　ヤミノくん」

敵と対峙している中、俺は感じたことがない感覚に襲われる。

どこかで、炎が灯った。

そうか、これが……。

（カーリーさんが、やったみたい）

やっぱりそうか。

勇者が敵の大本を絶つまで、他の街や村が襲われる可能性が高い。それを阻止するために、俺達の力を使い、倒していく。そういうことになっていた。が、難点がいくつかあるものだ。

ひとつに、ヴィオレットの力は強力だが、それだけに燃費が悪い。もし、複数の場所が同時に襲撃された場合。連続して敵が現れた場合。俺達は力を使い果たし動けなくなって、助けることができなくなってしまうだろう。

だが、それをどうにかできるかもしれない。

それが――永炎の絆。

大本である俺とヴィオレットから他の者へ。他の者から、更に……こうして、炎はどこまでも燃え広がっていく。

つまり、闇の炎を使える者達が増えていくということだ。

とはいえ、そう簡単ではない。闇の炎を灯すことができるのは、絆を紡ぎし者。誰でも灯すことができるというわけではない。

(でも、母さんは灯せたようだな)

母さん、あの時のこと、凄く悔しがっていたからな……でも、まさかとは思うが、あっちでもなにかあったのか？

『……ほう』

仮面もなにかを感じているようだ。てことは、リオントに鋼鉄の獣が……。

(アメリアちゃんも、ちょっと力を消費したみたいだけど。大丈夫、だよ)

そういうことなら、こっちはこっちで。

『そろそろ大詰めと言ったところか。さあ、見事こいつを倒してみてくれ。あぁ、私を狙ってもいいが、先に言っておく。ここに居る私は本体ではない。たとえ、倒したとしても何の意味もない』

「それはご丁寧に……どうも!!」

敵の背後に、空間転移の円を発動させ、矢を放つ。

矢は空間を移動し、背後から貫く。

が、猫背の鋼鉄の獣は気配に敏感なのか簡単に回避してしまう。

「む？　のっぺり鉄仮面の体が」

『ふっ。今日のところは、これぐらいでいいだろう。十分なデータが取れたからな』

体に穴が空《あ》いた仮面は、鋼鉄の獣と同じように光の粒子となって消える。

『では、またどこかで会おう』

どこまでも、余裕って感じなのが、不気味だな。だけど、今は。

「あいつは……」

猫背の奴は、敏捷重視の形態のようだ。

それに加えて、森の中に潜み、気配を殺している。

静かだ。

まさか、この場から逃げた？

「そこか！」

気配を殺し、狙っていた獲物は、俺ではなく。

ファリーさんとフェリーさんだった。

「くっ！　弱った者から狙うとは！　わかっている!!」

しかし、攻撃が当たる前に、俺は矢を放つ。

「また消えたぞ！」

ただ矢を射るだけじゃだめだ。簡単に避けられてしまう。

なら、やることはひとつ。

相手の動きを先読みして、動きを封じる。

「……」

気配を殺し、姿を隠そうとも、同じ空間に居る。

なら、その空間の歪みを察知するんだ。

今の俺なら……いや、俺達ならできる。

再び静寂に包まれる中、俺は構えた弓を一度下ろし、目を閉じる。

「――――そこ!!」

目視では確認できていない。

でも、そこに居る。そう感じ取った俺は、空間転移の円を発動させる。転移先は……空中だ。

「おお！　敵が空中に！」

それだけじゃない。

もう身動きが取れないように、空中で束縛した。

「ヴィオレット！　火力上昇!!」

(うん！)

相手は、これまでの敵より細身だが、侮れない。

火力を上昇させ、一気に焼き貫く。

ゴウ！　と紫炎の弓は一回り大きくなる。なんとか逃げ出そうともがく鋼鉄の獣だが、びくともしていない。

「〈ヴィオフレア・アロー〉!!」

「────」

より貫通力が上がるように螺旋上に変化させた紫炎の矢を放つ。

「なっ!?」

火力が足りなかったのか。紫炎の矢は鋼鉄の獣にぶつかり拡散してしまう。強度が高いのもあるだろうが、体が刃《やいば》のように鋭いせいで、切り裂かれたのか?

けど、さっきの攻撃で鋼鉄の獣の体はひび割れている。

「なら!」

相手も、ダメージを受けてより一層激しく暴れている。束縛が破られる前に、次で確実に決める。そう思い、再び炎の弓矢を構えが……明らかに先ほどより、炎が小さく、乱れていた。

くそ！　あと、あと一撃で倒せるはずなんだ！　なのに、ここにきて……!

「────え?」

己の未熟さを悔いていると……緑の炎が、俺と乱れる紫炎の弓矢を支えてくれるかのように、絡んでくる。

(……ありがとう、エメーラ)

俺よりも先にヴィオレットが感謝の言葉を述べる。俺も、礼を言わないとな。だけど、その前に。

「今度こそ、決めるぞ！　ヴィオレット!!」

(うん!!)

確実に決めると、気合いを入れ直す。乱れていた紫炎は緑炎と螺旋状に絡まり、新たな矢を形成した。

「これで――――終わりだぁっ!!!」

矢が放たれたと同時に炎の弓は弾ける。しかし、身動きが取れない鋼鉄の獣は、今度こそ焼き貫かれ、光の粒子となって四散した。

「よし!!」

俺は、思わず拳を握る。

最初の攻撃よりも、ヴィオレットと更に一体となったように感じた。けど、完全ではないだろう。まだまだ調整が甘い。今回は、エメーラのおかげでなんとかなったけど……次はどうなることか。

いや、反省も大事だけど……今は、ひとつの戦いを終えたことを素直に喜ぼう。

「はーっはっはっはっは!! やるじゃないか! ヤミノくん!! 思わず見惚《みと》れてしまったぞ!!」

「わっ!? ありがとう、ございます?」

勝利の余韻に浸ろうと体から力を抜くと、シャルルさんが高らかに笑いながら、背後から抱き着いてきた。

かなり勢いよく抱き着いてきたので、少しよろけるも踏みとどまる。

「それにしても、羨ましい。そして、悔しい! 長年鍛え上げてきたものが全然通用しないとは!! カーリーが味わったものが、身に染みた!! なんだ、あの硬い奴は!?」

「あんなのが世界中に現れると考えるだけで、ぞっとする」

今回の戦いで、敵のことが少しわかった。

鋼鉄の獣の総称、それを操っている仮面の人物。

また必ずどこかに現れる。だから、その時のために、俺がやるべきことは。

「でも、通用する力がここにあります」

そう言って、俺は湖に浮かぶ緑の炎を見詰めた。


敵を倒し、俺達は、再びエメーラの下を訪れた。

エメーラはぐてーっとうつ伏せになりながら、俺達を出迎える。

「見てたよ、あんたらの戦い。本当に僕らの炎を操るなんてねー」

「でも、まだまだだ……。今回だって勝てたのは、エメーラの協力があったからだ。本当に……ありがとう」

「いやいやー、ちょっとした気まぐれってやつだよ、あれは。ちなみに、見た感じ、三割ってところかな？　僕が知ってるヴィオレットだったら、もっと火力が出るはずだからねぇ」

さ、三割か……まだまだだとは思ったけど、半分もいっていないとは。

「でもまあ。それでもいい感じだったよ、あんた」

身を起こし、その場に座り込んだままエメーラは、にっと笑う。

「まただここに来たってことは、まだ僕のことを諦めていないってことでいいの？」

「ああ。どうしても、エメーラが必要なんだ」

「うひゃー、プロポーズされちったー」

い、言われてみればそう聞こえてしまうか。けど、嘘《うそ》じゃない。本当にエメーラが必要なんだ。今更訂正なんてしない。

にへら、と笑うエメーラに、俺は本気なんだと真剣な眼差《まなざ》しを向ける。

「あーあ、そんな熱い視線を向けないでよー。僕、じっと見られるの慣れてないんだってば。……そーだなぁ」

頭を掻きながら、エメーラはしばらく考える。

答えを待っている間、俺の心臓は鼓動が高鳴るばかりだ。

「ん」

「ヴィオレット？」

そんな俺のことを心配してか、ヴィオレットが手を繋《つな》いでくる。

大丈夫だよ、と笑顔を向けながら。まるで、エメーラがこれから出す答えをわかっているかのように。

「……………うん、しゃーない」

考えがまとまったのか。ゆっくりと立ち上がり、こちらへ近づいてくる。

「第二夫人のエメーラでーす。よろしくー」

そう言って、手を差し伸べてきた。なんてゆるい声なんだ……まあでも。

「はは。こちらこそよろしく、エメーラ」

自分を受け入れてくれたことを喜びながら、俺は手を握り締める。

すると、ヴィオレットの時と同じように【エーゲンの指輪】に轟々《ごうごう》と緑炎が燃え上がり灯る。そして、次第に意識は薄れていき、闇に沈む。だが、嫌な気持ちじゃない。その逆で心地いいものだ。

ヴィオレットの時とはまた違う。どこかふわっとしているというか。雄大な自然で寝転がっているかのような……。


「――――ん」


目を開けると、空を見上げていた。

あの時と同じだ。

ヴィオレットに飛び込んだ後と……ってことは？

「おーい!! 大丈夫かー!?」

シャルルさんの声が聞こえる。

周囲をよく見ると、俺はまだ湖の上に居た。炎の上で倒れていたようだ。そして、体に伝わる柔らかい感触。これも……覚えがある。

けど、あの時と違ってなんだか柔らかさが増しているような。

「……嘘、だろ?」

その正体を確認すると、アメリアの時と同じで裸の少女が眠っていた。

彼女が、おそらく俺とエメーラの間に生まれた子供なんだろうけど……。

「ヤミノ」

「ヴィオレット。それに……エメーラ」

「ほえー、僕もこんなに小さくなってしまうなんて。元から身長低いのに、更に小さくなるとか……胸も大分軽くなった感じだー。まあ邪魔だったからいいけどさー」

俺が起きるのを待っていてくれたようで、ミニサイズのヴィオレットとエメーラが、傍に立っていた。ちなみに、頭上の炎の輪は、いつでも出したり消したりできるようで、二人とも今はない状態だ。

「で？　そこで眠っている裸のお嬢さんが、もしかしなくても」

「う、ん……」

とりあえず、俺の上着を。

「ふわぁ……」

このままではいけないと上着をかけたところで、目を覚ます少女。

草のような色と、白銀の色の髪の毛が、良い具合のバランスで生えており、頭の天辺《てっぺん》から生えている毛束は、まるで生きているかのようだ。ちなみに色は白銀。

次に目がいくのは、やはり彼女の体つきだろう。

正直、直視するにはあまりにも……なんていうか。娘というより。

「ヤミノ。本当に、この子。僕達の娘なの？」

母親であるエメーラも、やはり疑いの目を向けている。いや、なんだか不満そうな顔だ。

身を起こし、太陽のように明るく、どこか不思議な目でじっと俺達のことを見詰めてくる。

「それは、うん。だって、それ以外は考えられないっていうか。ヴィオレットの時もこんな感じでアメリアが生まれたから……」

俺とエメーラの間に生まれた娘だと思うしかない。

たとえ、その娘が――明らかに娘とは思えないほどに大きくてもだ。

アメリアと同じで、小さい子が生まれてくると思っていたが、まったくの予想外。身長は見た感じ、俺の首ぐらいの高さはあるんじゃないか？

そして、なによりも……その大きな胸と細い腰にむちっとした太もも。もし、俺が三十代、四十代ぐらいだったら、少なからず娘と思ってもいいだろう。しかし、俺はまだ十八歳だ。

アメリアの時だって、簡単には受け入れられなかったのに、目の前の子は明らかに友達、もしくは妹という関係性の方がまだ頷ける。

「てか、ただ一体化しただけで、ぽんっと子が生まれること自体驚きなのに、これはねぇ。ヤミノさんや。こんな子にお父さん！　とか。パパ！　とか呼ばせるつもりなん？」

「そう、言われましても」

動揺を隠せないでいる俺に、心情がわかっていて、エメーラはわざとらしく言ってくる。

しかし、娘と思われる少女はようやく意識がはっきりしてきたようで、寝ぼけ眼を擦《こす》り、辺りを見回す。そして、俺達を視界に捉えると、途端に笑顔になった。

「おはようございます！　お父さん、お母さん。娘です!!!」

「……本当に、僕の娘？　なんかもの凄く陽《よう》なる者の波動を感じるんだけど」

「そんなそんな。冗談じゃないですよ！　正真正銘、あなたの娘ですよ！　あ、名前！　さっそくなんですが、名前をつけてくれます？　さあ！　さあ!!　さあ!!!」

うお……寝起きだっていうのに、もの凄いテンションの高さ。

「うわぁー!!　完全に陽なる者だー!!!」

「ど、どうしたんですか!?　お母さん!?　頭、痛いんですか？　大丈夫ですよ！　私がついています!!　それー、痛いの痛いの燃え尽きろー!!　どうですかっ!?」

「うわああああああああああああああああああっ!!!」

「お母さあああああああああああああああああんっ!!!」

……うん。まあ、悪い子じゃないな。なんていうか、アメリアとはまた違った感じの良い子ってところか。

「おーい!!　なんか叫び声がするが、なにがあったんだ!!　こっちからじゃ、炎で見えないから、状況を教えてくれぇ!!」

おっと、とりあえずシャルルさん達のところへ戻らないとな。

「お父さん！　お母さんが頭を抱えて苦しんでいます！　今から全力治療を開始したいのですが!?」

「あ、えっと。大丈夫だと思うぞ。エメーラは……うん。とりあえず俺が抱きかかえていくから。心配いらないぞ」

「はいです!!」

「ぼ、僕の要素……髪の毛の色だけなんじゃ？　あれ？　でもちょっと違うかな……？　ねえ？　ヤミノ。僕、娘の陽なる波動にやられちゃいそうなんだけど……うへへ、うへへへ……」

なんとなくわかってはいたけど、こういう明るい性格の人はめちゃくちゃ苦手なようだ。とはいえ、これからは一緒に生活していくんだから、慣れてもらわないとな。

胸の中で、ガタガタと震えながら服をぎゅっと掴むエメーラを撫でながら、俺は小さく笑みを浮かべるのだった。

震えるエメーラを抱きかかえながら、俺達はシャルルさん達のところへ戻ってきた。

ヴィオレットは、まだ名前がないエメーラとの娘が気を利かせて抱きかかえてくれている。服の方は、収納空間にあった着替えのシャツとズボンを着させている。

「むむ？　まさか、そのぷるぷると震えている小さき緑の子が」

「あ、はい。エメーラです。今は……まあ、ちょっと色々ありまして」

フェリーさんは相当傷が深いのか。治療が終わった後だが、まだどこか苦しそうな表情だ。

それを見た名もなき娘が、駆け寄る。

「これはいけません！　さっそく治療です!!」

「なっ!?　だ、誰だお前は!!　名を名乗れ!!」

「名前は、まだありません!!　それよりも、治療です!!」

名もなき娘は、ヴィオレットを、足元にそっと下ろし、右手にぼっと緑炎を宿す。

「その炎は……まさか!?　いや、それよりなにを」

「そいや!!」

皆が注目する中、おもむろに炎が宿った右手でフェリーさんに触れる。

その瞬間、フェリーさんの体が緑炎に包み込まれた。かなり激しく燃え上がっており、俺も思わず叫び出してしまう。

「な、なにをしてるんだ!?」

「大丈夫です！　お父さん！　これは治療です!!」

「治療？」

慌てる俺達に、にかっと笑みを浮かべる。

緑の炎に包まれるフェリーさんをよく見ると、徐々に顔色がよくなっていくのがわかる。そして、炎が消えると。

「あ、あれ？　体が……痛くない？」

「完璧です！　お父さん！　褒めてくださーい!!」

と、頭を差し出してくるので、思わず条件反射で撫でてしまう。

「これは……癒やしの炎？　確か古い文献にそういうのがあるって書いてあったような。回復魔法とは違った力……」

あれだけ深い爪痕がなくなっているのを確認しながら、ファリーさんがぶつぶつと呟いている。

まさか、炎で傷が癒えるなんて。確かに、焼くことで無理矢理止血する手法があるけど、これは違う。完全に傷を治し、フェリーさんの疲労感すらなくしているように見える。回復魔法でも、疲労感までなくすことはできないからな。

「で？　ヤミノくん。君が抱きかかえているのがエメーラだとすれば、今、フェリーの傷を癒やした少女が」

「はい。エメーラとの娘になります。えっと、まだ名前をつけていないから……」

「そうです！　名前です！　名前がなくちゃ色々不便です!!」

名前……この子の名前は……。

「わくわく」

「…………ララーナ」

「ララーナ？　それが、私の名前ですか？」

「ああ。どう、だ？」

「良きです!!　なんかしっくりくるっていうか。可愛《かわい》いっていうか！　とにかく良きです!!　今日から、私はララーナです!!　ヤミノとエメーラの娘！　ララーナでーす!!!」

「ふ、ふふふ。エメーラとララーナ、ね。まあ、いいんじゃない？　そう例えるなら、僕が太陽の届かない湿った地で育った花だとしたら、娘は太陽の下で伸び伸びと育った花ってところかな？　うへへ、うへへへへ……」

「なあ、ヤミノくん。大丈夫なのか？　なにやらぶつぶつと言ってるが」

「あ、あはは。その、今は精神的に参ってるだけなので。落ち着いたら、しっかり紹介します」

俺がそう言うと、シャルルさんは、それ以上は追及しなかった。

その後、エルフの集落へ戻る間に、エメーラも徐々に落ち着いてきたようで、俺もヴィオレットもララーナも、ほっと胸を撫で下ろした。

「帰ってきたぞ！」

「大丈夫だった？　なんか大きな音が響いてたけど」

「あれ？　なんか人増えてる？」

「おい、ヤミノさんが抱きかかえているのって、まさか!?」

集落に到着すると、ずっと待っていてくれたのか、エルフ達が、ぞろぞろと集まってくる。

「皆、聞いてくれ。なんとなく察していると思うが、ヤミノが抱きかかえているお方こそ、私達が長年崇《あが》めてきた……守り神エメーラ様だ!!!」

ファリーさんの言葉に、エルフ達はやっぱり！　おお！　なんと神々しい！　と声を上げる。

しかし、そのエメーラは自分を陰なる者と自称するほどなので、キラキラとした視線を浴びて顔を歪ませる。

「や、やっぱヤミノの中に引き籠もる……」

「も、もうちょっとだから。な？」

「うぅ……」

ここへ来る間、エメーラが早々に俺の中に引き籠もろうとしたのだが、エルフ達との約束もあるので、少しだけ待ってくれるように頼んだのだ。

「そして、隣に居るのは。そのご息女！　ララーナ様だ!!!」

「ララーナです!!　さっき生まれたばかりですが、元気いっぱいです!!!」

「なんと!?」

「エメーラ様だけでなく、ご息女まで……」

「というか、さっき生まれたって言っていたけど。子供って、そんな簡単に生まれるものか？」

そういえば、その辺に関しては説明していなかった。

何も知らないエルフ達からしたら、そんなことありえないと思うのも無理はない。それに、外見は明らかに娘というより友達か妹だよな。

「静かにするんだ！　今から、エメーラ様より例の件についてお言葉がある!!」

ざわめくエルフ達が一斉に静まる。

例の件。

それは、集落を出る前に約束したことだ。この森に、集落に住み続ける許可。俺は、ここへ来る間に、そのことを伝えておいたのだ。

エルフ達の視線はキラキラしたものから緊迫したものへ変わる。

「エメーラ」

「いいよー、ご自由にー」

「たの……って、軽っ!?」

食い気味に、それでいてゆるーく許可を出す。

そんなエメーラに対して、俺だけではなく、エルフ達も動揺を隠せないでいた。

「別に、家賃はらえーとか、そういうのないし。僕は、これから夫と新婚生活を楽しむから。君らは、君らでご自由にー。……でもまあ、困ったことがあったら、たまーになら頼ってもいいよー」

なんだ。ちゃんと守り神らしいことを。

「ヤミノを」

え？　それってどういう。

「それじゃー」

「あ、エメーラ様!?」

皆が困惑する中、役目を果たしたとばかりに、エメーラはさっさと俺の中へ引き籠もってしまう。……えっと、少なくとも頼りにされているってことで、いいのか？　さっきのは。

「……これからも住んでいいんだよな？」

こうも簡単に許可を出されたエルフ達は、呆気《あっけ》にとられており、開いた口が塞がらないでいた。

「え、ええ。エメーラ様がそう言っていたし」

「なんていうか、思っていた方と随分と違ってたけど……なんかこう」

「う、うん。私達とは住んでいる世界が違うって感じで、うん」

エルフ達の反応はわからなくもない。

俺だって、こんな感じだったのかと驚いたものだ。

「よかったじゃないか。これからもこの森に住めるんだから。なあ？　ファリー」

はっはっは!!　とシャルルさんは笑う。さすがのファリーさんも呆気に取られていたが、んん！　と咳払《せきばら》いをして気持ちを切り替えた。

「お前達！　エメーラ様からの許可はいただいた！　私達は、これからもここに住み続け、守るんだ!!　この森を!!!」

「お、おう！」

「エメーラ様が残してくれた森だもの！　いつまでだって守ってみせるわ！」

「これまで以上に、力を入れて守ってやるさ！」

なにはともあれ。これで約束は守れた。

それに、目的も無事果たせた。後は、リオントへ帰るだけ。なんだか、それほど長く居たわけじゃないのに、長旅を終えたような。そんな達成感がある。

「ヤミノ」

「ファリーさん」

「今回は、世話になった。正直、お前達が居なかったら、この森はどうなっていたか……」

「いえ、そんな」

もしかしたら、俺達がここに居たから、あいつらが現れたって可能性もある。明らかに、何かを知っているような感じだったし。

まだどこかで会ったのなら、今度こそ……。

「そ、それとララーナ様」

「ララーナと！　呼び捨てでいいですよ!!」

「で、ですが……あの、ともかく！　フェリーの傷を治していただきありがとうございました！　この御恩《ごおん》はいつかなにかでお返しできればと」

「私は、私にできることをしたまでです！　あ、そうです！　この集落に怪我人はいませんか！　全力で治療しますよー!!」

「あ、待ってください！　ララーナ様ー!?」

ララーナは、本当に元気な子だ。

なんていうか、誰かのために何かをしようとする気持ちが大きいのか。これなら、アメリアとも仲良くできそうだな。

それに、治癒の力。これはまた凄い力だ。この先、多くの怪我人が出るのは明白。もし、向かった先で治療に手が回らないほどの怪我人が出たら、その力で助けられる。だから、帰ったらその辺のことも色々話しておかないとな。治癒の力は具体的にどんなものなのか、とか。


一波乱終えたが、俺はまだフォレントリアの森に居た。

二日目の夜だ。

あの後、俺がいなかったら今頃大変なことになっていたということを聞いたエルフ達がお礼がしたいと言ってきた。

どうしようかと迷っていたところへ、丁度よくアメリアからの遠話魔法による思念が届く。

どうやら、リオントでも襲撃があったみたいだが、死者を出さず撃退したとのこと。

そこで、今のこちらの状況を説明したところ。

ゆっくりしてきてもいいよ、と言われたのだ。

とりあえず、こちらが得た情報を簡単に伝えた。

そして、エルフ達からの感謝の気持ちを込めた宴《うたげ》に参加。

今日は、新しい家族が増えたということもあり、俺も少し羽目を外した。普段はあまり飲まない酒を、ぐいぐいと。

エメーラも出てくれれば、より良かったのだが。完全に引き籠もりモードで出てこない。俺の中から見えてるだろうから、楽しくやってくれと。まあ、代わりに娘のララーナが盛り上げてくれた。

エルフ達も、大いに喜んでいたのを思い出す。

「ここに居たか」

「ファリーさん。それにフェリーさんも」

今日も二人の家に泊まっていた。

前日と同じで、外で涼んでいたのだが、今回はシャルルさんではなく家主二人がやってきた。

「シャルルさんは？」

「あの駄狐は、今も一人で飲んでいる。まったく、貯蔵しているものを全部飲むつもりじゃないだろうな」

「ま、まあまあ。まだまだあるんだし。それよりも、今は」

シャルルさんに怒るファリーさんだったが、フェリーさんが宥《なだ》める。

そうだな……と怒りを鎮め、ファリーさんが俺に近づいてくる。

「これを、お前にやろう。ヤミノ」

そう言って差し出してきたのは、手の平サイズの木人形だった。

「これって、猫ですか？」

「そうだ」

「私達が元々住んでいたところでは、認めた相手、友に、こうやって木人形を渡すんだよ」

説明しながら、続いてフェリーさんが狐を象《かたど》った木人形を、俺の手の平に置く。

「じゃあ」

「……少なくとも、シャルルよりマシだってことだ」

「も、もう。ファリー。そんなこと言っちゃだめだよ。ごめんね、ヤミノくん。本当は、ファリーもあなたのこと認めているから。その」

「あははは。照れているだけ、ってことですか？」

「その通り!!　ファリーは、とてもめんどくさい奴なんだ。素直に、好きになったー！　と言えばいいものを」

一人で飲んでいたはずのシャルルさんが、ふらっとやってくる。

「好きになどなっていない！　誤解を招く言い方をするな!!」

と、シャルルさんにファリーさんは反論する。

その慌てようを見て、シャルルさんはにやっと笑みを浮かべる。

「ん〜？　なんだぁ、その慌てようは。まさか君ぃ〜？　本気でヤミノを好きになったのか？　だが、二人は男同士……これは、禁断の」

「だから違うと言っている!!　これだから酔っぱらいは……！」

「はーっはっはっは!!　確かに酔っぱらっているが、まだまだ意識ははっきりしているぞー!!」

「ふ、二人とも落ち着いて！　あんまり騒ぐと皆起きちゃうから……！」

なんだかなぁ……。静かで、居心地のよい森だから、静かに夜を過ごしたかったのに……昨日に続いて、騒がしくなってしまった。

「ヤミノ」

「ヴィオレット。ララーナは？」

言い争っているシャルルさんとファリーさんの横をちょこちょこと横切ってヴィオレットは姿を現す。

彼女には、ララーナのことを頼んでいたんだ。

ここに来てからというもの、ちょっとした怪我を見ればすぐ治療をし、更には宴でも盛り上げ役を買って出た。生まれてまだ間もないのに……。

「ぐっすり眠ってる、よ」

「そっか。ご苦労様」

「えへへ」

俺は、ヴィオレットを抱きかかえ、夜空を見上げる。

「明日には、リオントに帰るけど。娘達は、ちゃんと仲良くできると思うか？」

「大丈夫、だと思う。アメリアも、ララーナも、とても良い子、だから」

「だな。それじゃあ、そろそろ俺の中に入るか？　エメーラと色々話したいことあるだろ？」

「……うん。それじゃあ、おやすみなさい。ヤミノ」

「ああ、おやすみ」

さて、ヴィオレットが俺の中に入ったところで、まだ言い争っている二人を止めるために加勢する。さすがに、今の二人はフェリーさんには止めきれないようだ。

「二人とも。そろそろ言い争いはやめましょう？　ね？」

「私だって、好きで言い争っているわけじゃない！　この駄狐が!!」

「我が悪いと言うのか？」

「そうだと言っている!!」

「お、落ち着いてー!!」

まったく……これはまた長い夜になりそうだな。


「んー！　なんだか二日だけだったけど。リオントに帰ってくるのが、本当に久しぶりのように感じる」

新たな闇の炎を求めフォレントリアの森に向かった俺、ヴィオレット、シャルルさんの三人。

二日の時を経て、目的通りエメーラを仲間にすることができた。

今は、俺の中でヴィオレットと仲良くしていることだろう。

森に住んでいたエルフ達とも、友人関係になれた。今後は、何か困ったことがあったら互いに助け合おうと約束し、こうして帰還した。

「おー！　あれが、お父さんが生まれ育った街ですね！　そして、私のお姉ちゃんが居るという!!」

「うーん？　まあ、姉になるのかな？」

「外見的には、ララーナちゃんの方が姉に見えるがな」

シャルルさんの言う通り、外見だけで考えるなら明らかにララーナの方が姉だろう。

けど、先に生まれたのはアメリアだ。普通に考えるなら、生まれた順番でアメリアが姉になる。

そもそも、彼女達は互いにまだ一歳にもなっていない。外見は、大分育っているけど。

「早く会いに行きましょう！　待ちきれません！　さあ！　さあ!!」

「わかった。わかったから。一人で先に行くなよ」

「はいです！　お父さんと一緒に行きます!!」

「うん、いい子だ」

我先にと突撃しそうになるが、俺の言葉を聞き足を止める。

元気いっぱいというか、常に爆発している子だが、聞き分けはいい。それに、なんだかララーナの元気な姿を見ていると、自然と元気が出てくる。

これも、彼女の力の一端、なのか。

「ん？　どうやら、街に入るまでもないようだぞ」

「……本当ですね」

よく見ると、こちらに手を振っている影が二つ。

母さんとアメリアだ。

俺達は、すぐに二人のところへ駆け寄る。すると、アメリアが待ってましたとばかりに俺へ抱き着いてきた。

「おかえりなさい！　パパ!!」

「ああ、ただいま。アメリア。母さんも、ただいま」

「おかえり、ヤミノ。無事に帰ってきたみたいね」

「おいおい。我のことを忘れてもらっては困るぞ？　カーリー」

「はいはい。おかえり、シャルル。ちゃんと息子の役に立ったのかしら？　目的を忘れて、酒に溺れたりしてないでしょうね？」

「はーっはっはっは!!　心配するでない!!　ちゃんと目的を果たしてから酒に溺れた!!」

……うん、まあ。目的を果たしてから……うん。確かに、シャルルさんは俺のために色々と前に出て交渉とかをしてくれていた。

だから、間違ってはいない。

本当なんでしょうね？　と、こちらを見てくる母さんに俺は笑顔で頷く。

「そっ。ならいいわ。……それで」

よくやったとばかりに、シャルルさんの頭を撫でながら母さんはララーナへ視線を向ける。

ちなみにララーナは、指示を待っている飼い犬のように、さっきとは打って変わって静かにしていた。

「その子が、新しい娘ね」

「うん。ララーナって言うんだ」

「はいです!! ヤミノお父さんとエメーラお母さんの娘! ララーナです!! よろしくお願いします!!!」

「あら、元気な子ね。よろしく、ララーナちゃん。あたしは、ヤミノの母親カーリーよ」

「カーリーおばあちゃんですね! よろしくお願いします!!」

なんていうか、まだ慣れないなぁ。

かなり特殊とはいえ、妻と娘が一度に。それも、まだ増えるっていうんだから……ま、こんなこと言っている俺だけど。

すぐ彼女達との生活が普通になっていくんだろうな。

「そして! あなたが、アメリアお姉ちゃんですね!?」

「お姉ちゃん? わたしが?」

まだ俺に抱き着いているアメリアに、ララーナはぐいっと顔を近づける。

さすがのアメリアも、ぽかーんとしていた。

だが、それも一瞬だった。

「よーし。アメリアお姉ちゃんだよー。おいで、ララーナちゃん」

「わーい!!」

「えへへ、よしよし」

すぐ妹だと認め、両手を広げる。

ララーナは、一切の迷いもなく飛び込んだ。まだ出会ったばかりだっていうのに……いや、子供達の仲が良いのは親にとっては嬉《うれ》しいこと。

それに、こうして子供同士が仲良くしているのを見ていると心がこう……温かくなる。

「さあ、皆。お互い色々と積もる話もあるだろうし、さっさと家に帰るわよ！」

「はーい！」

「うん、そうだね。ララーナちゃん、手を繋ごうね」

「はいです！」

「パパも」

「……ああ。帰ろう。我が家に」

エピローグ

「――へー、あいつがねぇ」

救済の旅に出た勇者一行もまた、鋼鉄の獣に襲われていた町を救い、そのお礼として町一番の宿に泊まっていた。そこで、定期連絡で王都へ遠話魔法で思念を飛ばした。

そこで……ヤミノの話を耳にする。

「まさか、闇の炎を操ることができたとはな。つーか、一緒に居た子が妹じゃなくて娘だったとはな。はっはっはっは！　まったく気づかなかったぜ!!」

「普通はそうでしょ？　どう見たって娘には見えないわよ」

「だが、闇の炎は。あの鋼鉄の獣に有効なんだろ？」

「そうらしいわね」

「だったら、闇の炎だろうとなんだろうと味方だったら別に俺はいい」

魔法使いティリンと戦士ダルーゴは、驚きはしたものの特に嫌悪感を抱いている様子はない。

むしろ嬉《うれ》しそうに笑っている。

だが、一人だけ……勇者将太《しょうた》だけが眉を顰《ひそ》めて考え事をしていた。

(どういうことだ。あの男が？　そんな力を持っているようには見えなかったのに……勇者の僕を欺いたとでも？　いや、あの時に感じた悪寒。あれは、闇の炎から感じたものだったのか？)

将太は、ヤミノやアメリアと初めて出会った時のことを思い出す。

ヤミノからは特に何も感じなかったが、アメリアからは背筋がぞっとする何かを感じた。それは、気のせいだと思い込んだ。

しかし、今世界中に広まりつつある情報を考えると。

「ただいま帰りました。皆さん」

「おかえりー。ご苦労様、聖女様」

「ゆっくり休め。そこに、甘い菓子があるぞ」

「はい。ありがとうございます」

そこへ、怪我人《けがにん》をずっと治療していたミュレットが帰ってくる。

「将太様？」

「あ、ああ。おかえり、ミュレット。ご苦労だったね。ゆっくり休むといい」

「では、お言葉に甘えて」

本当に疲れているようで、椅子に腰かけ深い息を漏らす。

そして、テーブルの上に載っている焼き菓子に手をつけたところで、ティリンが気を利かせて紅茶を淹《い》れる。

「ありがとうございます、ティリンさん」

「ねえ、さっき王都に連絡したら面白い話を聞いたんだけど。聞く？」

「面白い話、ですか？」

紅茶を淹れ、隣に座ったティリンはヤミノのことをミュレットへ話す。

最初こそ驚いた表情をするが、すぐに真剣なものへ変わる。

「どう？　驚いたでしょ。あたしらも驚いたわよ。あんた、このこと知ってた？」

「い、いえ。おそらくヤミノが闇の炎を手にしたのは、私が王都へ行った後だと思います。リオントの近くにあった闇の炎が突然消えたと大騒ぎになっていましたから」

「でしょうね。……で？」

「で、とは？」

自分の分の紅茶のカップを手に持ち、ティリンは問いかける。

「いや、大事な幼馴染《おさななじみ》が妻子持ちになったって聞いて、どう思ってるかなって」

どこか意味深な表情を向けるティリンに対して、ミュレットはいつもと変わらない態度で口を開く。

「驚きはしましたが、ヤミノはヤミノの人生を進んでいるみたいですし。特には」

「……ふーん、そっか」

ミュレットを見た後、まだ考え込んでいる将太へ視線を送るティリン。だが、すぐ目を閉じ紅茶を堪能する。

（ま、まあいい。所詮は闇の力。崇《あが》めている者達《たち》も居るようだが、恐れている者達も多いと聞く。それに、いくら鋼鉄の獣に対抗できようと、勇者である僕の敵じゃない。僕も確実にあの時より強くなっている。もう無様は晒《さら》さない！　僕は選ばれた存在なんだ!!）

◆◆◆◆

緑の闇の炎エメーラを求めて訪れたフォレントリアの森。

そこであったことを、俺は全て母さんを始めとした今回の計画に関わる人達に話した。鋼鉄の獣は鋼鉄の獣という総称があり、それを操る仮面の人間が居たということ。

もちろん俺が出会ったのは当人が言っていた通り本物ではないとも。なので、俺が見たのが真実の姿とは限らない。もしかしたら、次に遭遇したら別の姿かもしれない。

この情報は早急にマルクスさんやシャルルさんが広めてくれた。マルクスさんは、各地のギルドへ。シャルルさんは、母さん以上に顔が広いようで、任せておけ！　と言ってきた。

もちろん勇者を召喚した王都にもこのことは伝わっている。そんなわけで、より詳しい情報が欲しいと王都から呼び出された。

おそらくそこで、俺の……闇の炎に関しても聞かれるだろう。

遅かれ早かれこうなることはわかっていた。なので、そこまで驚きはない。王都へは、マルクスさんがついてきてくれるようだ。もちろん母さんも、あることへの証人として。

「そら!!」

「っと！　良い感じじゃないか。母さん」

「あんた達が帰ってくるまで、アメリアちゃん指導の下、時間が許す限り訓練してたからね」

そのあることとは、闇の炎を俺以外が操れるようになるということについてだ。

いつものように家の裏手にある訓練スペースで、俺と母さんは闇の炎を交えた打ち合いをしていた。

お互い腕に紫の炎を纏《まと》わせ、父さんが見ている中で。

「はあ……妻と息子が、大変な目にあっている中。俺はいつもと変わらずか」

「なぁにため息漏らしてるのよ。あんたは、酒場の店主でしょ？　それで、あたし達は冒険者。適材適所ってやつよ」

打ち合いを一旦やめ、母さんが父さんを慰めるように言う。

「そうだよ、父さん。それに変わらない場所があるっていうのは、いいことでもあるんだから」

「そうそう。それに、あんたの酒場が好きな連中は多いんだし。あたしもそう。働いた後の一杯。それをあんたの酒場でやる。これが好きで、現役時代は通っていたんだから」

「あ、でも今色々やることが多くて父さんの酒場で働けてない……」

「その辺りは気にするな、って言うのは無理があると思うが。皆、お前が今どれだけ重要なことをしているか、わかっているからな。でもまあ、時々顔を出すぐらいはしてくれれば連中も喜ぶはずだ」

そうだな。たまには、顔を出そう。

あの酒場も、俺の思い入れのある場所のひとつなんだから。

「カーリーおばあさん!!　洗濯物を全部干しましたー!!」

「あら、ありがとうララーナちゃん。アメリアちゃんも」

「ついでに家の掃除も終わったよ。それと朝食の準備も」

ララーナは朝から元気である。というか、明るい時間が元気なのだ。夕方から夜にかけては、まるで遊び疲れた子供かのように大人しくなってしまう。

アメリアは、元気いっぱいな妹を可愛《かわい》がる姉のように色々と世話を焼いている。夜寝る時も、完全に寝るまで頭を撫《な》でていたり。

「お父さん褒めてくださーい!!」

と、ララーナが飛びつこうとするも。

「わひゃ!?」

「だめだよ、ララーナちゃん。パパは、まだ訓練中なんだから。邪魔しちゃ、めっ」

空間転移の円に吸い込まれ、アメリアの傍《そば》へ強制的に戻され、軽く叱られてしまう。

「ごめんなさいです!」

「うん、ちゃんと謝れて偉いよ。よしよし」

「ふふ。ちゃんとお姉ちゃんしてるわね、アメリアちゃん」

ララーナは、行動力と好奇心の塊だ。

ここ数日で、わかったことだが、彼女は意外と力持ちでもある。大の男でも苦労するような重いものを、片手で軽々と持ち上げてしまうほどに。

恰好《かっこう》も今はちゃんとしており、いつでもどこでもぴょんぴょんと動くので、スカートは穿《は》かせず、動きやすい服を着させている。とはいえ、結構肌を露出している。脇や太ももをこれでもかと……父親としてはかなり悩ましいことなのだが、ララーナ本人が、なるべく太陽や自然の空気を肌で感じていたいと言うので苦渋の決断をした。腰にはポーチが常に付いており、そこには様々なお菓子が入っているのだ。甘いお菓子を食べると元気が溢《あふ》れてくるんだそうだ。

髪の毛も、激しく動いてもいいように、アメリアが毎日のように結ってくれている。

「そういえば、エメーラだったか？　ララーナちゃんの母親はまだ籠もってるのか？　ヤミノ」

火力調整をしながら、五本の指一本一本に炎を灯《とも》していると、父さんがエメーラについて聞いてくる。

「そうそう。特徴とか聞いてるけど。直接挨拶していないん……だけど……！　はあ、無理かぁ」

シャルルさんから貰《もら》った【仙炎の腕輪】をじっと見詰めながら、俺の真似《まね》をしようと試みる母さんだが、全然できなくてため息を漏らす。

「エメーラは……」

紫の炎を消し、俺は緑の炎を手の平に灯す。

「そ、その内ってことで」

ヴィオレットも、俺の体内で説得しているようだが、まだまだ時間がかかりそうなのだ。力自体は貸してくれるようだけど。

彼女が言うには、俺の体内が予想以上に居心地がいいらしい。

まあ、それだけじゃないんだろうけど。

「お母さんは、ごろごろするのが大好きなので！　私も、太陽さんの下でごろごろするのは大好きです!!」

おそらくエメーラのごろごろとララーナのごろごろは違う部類だと思うんだが。

こうして見ると、似ているところは似ているけど、違うところはとことん違う。ヴィオレットとアメリアもそうだったけど、性格が正反対なんだよな。

……今後も増えることは確定している。もう少し、夫として父親として、色々学んで、知識を身につけていかないとな……。

あとがき

まず、本作品をご購入して頂きありがとうございます！　スタイリッシュ警備員と言います。「小説家になろう」でほそぼそと活動している一般作家です。

ようやく……ようやく！

紙の小説を出すことができました。電子書籍で一作出してはいますが、紙媒体はまだでした。もちろん電子が悪いというわけではないのですが、やはり昔からある紙媒体で一冊の本になると作家になった！　と実感できます。

さて。色々と話したいことはありますが……紙媒体で書籍化するまでの経緯などを語ろうかなと思います。自分は当時オリジナル作品ではなく、普通に二次創作を書いたり、読んだりしていました。まあ、普通に二次元にどっぷりでしたね。そして、自分が二次創作を書いていたのは「小説家になろう」の会社が運営していた「にじファン」という投稿サイトでした。当時は、学校に通いながら携帯電話で読んだりするほどに楽しんでいました。しかし、それは長く続くことはなく……「にじファン」は閉鎖され、自分も自然と小説を書くことから離れることに……。

それから、しばらくして次々に「小説家になろう」から書籍化する時代が幕を開けた……。その時は、この波に乗るしかねぇ！　と勢い任せで小説を再び書き始めましたが、なろうと思ってなれるほど現実は甘くなかった……。何度も挫《くじ》け、筆を擱《お》こうかと思いました。

実際、ログインすらしない時期もありましたし。今のアカウントも一度消して作り直したもの。ようやく電子限定で書籍化を果たしましたが、続刊はできずそこから数年。本当に夢のようだな……と思いながら、今回は改稿作業をしていました。

今作は、自分の好きな要素を詰めに詰め込んだものです。ですので、書籍化の打診を受けた時はめちゃくちゃ嬉《うれ》しかったです！　そして、更により良い作品にするために全力を尽くしました。とはいえ粗い部分もあるでしょう。ですが、自分なりに頑張った！　と思っています。皆さん！　楽しんで頂けたでしょうか？　楽しんで頂けたのなら、書いている身としては、このうえなく嬉しいです！


では、ここからは話を変えまして。

そうですねぇ……やはり、イラストについてでしょうか。今作を担当してくださった、えめらね先生のイラストはいかがでしたでしょうか？

自分ですか？　自分はもちろん……すげぇ！　と感動しました。イラストレーター様が決まって、こちらはキャラの設定を書きました。そして、出来上がったキャラのラフを初めて見た時は……いかに自分の想像力が乏しいものか思い知らされましたよ。いや、本当。

特にヴィオレットは「女神？」と思ってしまうほどに素晴らしいデザインでした。リアルで、ぼーっとしていましたからね。その後に、娘であるアメリアのイラストを見たら「天使？」となりました。なるべく頑張って設定を書きましたが、結構ふわっとした感じだったと思います。だというのに、あの設定からあれだけのイラストが生まれるとは……。そうそう、ヴィオレットについて、ちょっとした裏話というか。実は、都市伝説で有名な八尺様《はっしゃくさま》をイメージして生まれたキャラだったりします。高身長、長い髪の毛に白い服。そのため、今作屈指の高身長美女キャラと言えるでしょう。

第二の炎であるエメーラもイメージ通りでした。もじゃっとした髪の毛に、だるっとした一枚のシャツ。そして、大きな胸に……むっちりとした太もも。それが怠惰なる僕っ娘《こ》エメーラなのです。逆に娘のララーナはスポーティーな元気っ娘という感じでいいですねぇ。

……そろそろ書くことがなくなってきました。

いや、厳密には書きたいことはいっぱいあるのですが、明かすことはできないと言いますか。このままイラストについて語るのもいいですが、ここはやっぱり今作の説明をしたいと思います。

先ほども書きましたが、今作は、自分の好きな要素を詰め込んだ小説です。ファンタジー世界を軸に、闇の炎といういかにも中二心をくすぐられる力。美少女と美女のハーレム。謎の侵略者と繰り広げるバトル……自分も結構いい歳《とし》なんですけど、やっぱりいくつになっても好きなものは好きなんだと言いたい。話の大筋は変わっていないと思いますが、ウェブ版と違うところがところどころにあります。例えば、ウェブ版では主人公は後から冒険者となりましたが、書籍版では最初から冒険者だった、みたいな。もし、書籍から今作を知った方々がおりましたら、ウェブ版の方もよろしければ！　現在も更新は続けておりますので。

ふう……こんなものかな？　そんなわけで、そろそろあとがきを終わりにしたいと思います。

今も尚《なお》、ウェブ小説は増え続けています。中には、書き始めて数か月で書籍化するなんてのが当たり前のようになっている時代。可能性はある。夢があると書き続ける。自分も、その内の一人でした。かなり時間がかかりましたが、こうして花開きました……。拾ってくださった編集者様。素敵なイラストを描いてくださったイラストレーター様。そして、今作を応援、購入してくださった読者の皆様。本当にありがとうございます！

スタイリッシュ警備員でした！　失礼します！

ヤミノ・ゴーマド

アメリア

ヴィオレット

カーリー・ゴーマド

エメーラ

ララーナ

ミュレット

闇の炎に抱かれて死んだと思ったら、娘ができていました
～勇者に幼馴染を取られたけど俺は幸せです～

ムゲンライトノベルスをお買い上げいただきありがとうございます。
作品へのご意見・ご感想は右下のQRコードよりお送りくださいませ。
ファンレターにつきましては以下までお願いいたします。

〒162-0822
東京都新宿区下宮比町2-26 KDX飯田橋ビル 5階
株式会社MUGENUP ムゲンライトノベルス編集部 気付
「スタイリッシュ警備員先生」／「えめらね先生」

MUGEN Light novels

闇の炎に抱かれて死んだと思ったら、娘ができていました
～勇者に幼馴染を取られたけど俺は幸せです～

2023年6月30日　第1刷発行

著者：スタイリッシュ警備員
イラスト：えめらね

発行人　**伊藤勝悟**
発行所　**株式会社MUGENUP**
〒162-0822 東京都新宿区下宮比町2-26 KDX飯田橋ビル 5階
TEL：03-6265-0808(代表)　FAX：050-3488-9054
発売所　**株式会社星雲社(共同出版社・流通責任出版社)**
〒112-0005 東京都文京区水道1-3-30
TEL：03-3868-3275　FAX：03-3868-6588
印刷所　**株式会社シナノパブリッシングプレス**

カバーデザイン◉spoon design(勅使川原克典)
編集企画◉異世界フロンティア株式会社
担当編集◉山本剛士

Printed in Japan
ISBN 978-4-434-32140-5 C0093